서봉氏의 가방

천서봉 시집

문학동네시인선 013 천서봉

서봉氏의 가방

시인의 말

내 시(詩)는
수만 장의 나뭇잎처럼 자잘할 것.
소소한 바람에도 필히 흔들릴 것.
그러나 목숨 같지 않을 것.
나무 같을 것.
또한 나무 같지 않아서 당신에게 갈 것.
입이 없을 것. 입이 없으므로
끝끝내 당신으로부터 버려질 것.

세월이란 것이 겨우 몇 개의 목차로 요약된다는 것을 미리 알았다면 아마도 이 책의 대부분은 씌어지지 않았을 것이다. 탕진의 그 방대한 여백만이 시의 몸이 되었으니 지금 더듬을 수 없는 것만이 다시 희망이 될 것이다.

시를 써오는 동안, 내가 바란 것이 있다면 더이상 시를 쓰지 않고도 견딜 수 있는 아름다운 날을 살아보는 것이었다.

그런 날 만나고 싶은 착한 당신들과
천기태 교수, 김창옥 여사께 나의 첫 시집을 바친다.

2011년 겨울,
천서봉

차례

2부 너무 많은 하늘이 스쳐 지나갔다

3부 바람은 순결하지 못했네

4부 당신이 올라갈 때 나는 내려가요

1부

풀리지 않는 당신은 영원히 따뜻하다

오독과 남용은 평생 가까이 두고 사귈 병명이니,
시여, 아껴서 아플 삶이여

—프롤로그

처방전

1. 식후 30분 후에 복용할 것.
2. 한 번에 두 편 이상 복용하지 말 것.
3. 하루 다섯 편 이상 복용하지 말 것.

바람의 목회

붉은 창문들 저무네. 거리엔 부옇게 물길이 번지고 벗겨진 대지의 표면이 비늘처럼 흘러가네. 햇살의 따가운 못질 뒤에도 나무들은 자꾸만 제 잎 쥐고 휘청거리네.

버려진 오르간처럼 켜켜이 쌓인 공사장 파이프들이 저녁을 연주하네. 노을 따위를 발음하면 삶은 늘 뿌리부터 뒤척인다고, 저기 어깨 둥글게 웅크려 철야기도를 준비하는 가로수.

공중을 만지는 평화로운 연기를 보네. 바람은 오후 여섯 시를 읽는 기술, 혹은 복음. 흔들려야지. 흔들려야지. 깃대처럼 골목에 나를 꽂아두네. 떨어져 빈 나뭇잎 자리까지, 다만 모든 것이 바람의 영역이네.

늦은 상점의 문이 스르륵 밀렸다가 절로 닫히네. 누구일까. 누구일까. 어둠의 긴 목이 자꾸 기울고 사람들은 정물처럼 늙어가네. 모두가 바람의 존재를 믿었지만 아무도 그의 뼈마디를 보지 못하네. 푸르르,

저마다의 십자로를 건너는 시간, 허파꽈리처럼 웅크려 핀 생의 바람꽃들, 지천이네. 자라, 자라, 잠들지 않는 한밤의 환한 집회(集會)를 보네.

뿌리내리는 아버지

곧게 자란 미루나무 아니더라도 씀바귀나 쑥부쟁이들, 바람과 눈맞추며 하늘하늘 놀아날 적에 한번 생각해봐. 부풀어오른 대지의 끝을 제 손톱 휘어지도록 버티고 있을 뿌리들, 그 주춤거리는 마찰계수나 절망에 관한 불후(不朽)의 공식 같은 거. 아버지, 이제 그만 일어나세요. 들리나요? 빛의 어깨들이 절겅거리는 소리.

소풍 같은 봄날, 아들은 고작 아비가 되고 유년의 윗목을 얼리던 자리끼 한 사발 같은 아비가 그 아비의 쓸쓸함을 배우는 동안 끝끝내 침묵하던 벼랑의 경사나 들녘의 일몰 같은 거, 애야 모로 눕지 말거라. 관(棺)은 너무 넓구나. 볕 좋은 울타리 넘어 제 불알 흔들며 자라나는 잎맥이라면, 가등 아래 모여 솜털처럼 수런거리는 네가 잎잎이라면, 한번 생각해봐. 조록조록 언 땅 녹이며 빗줄기 갈마들 때 무한정 어두운 술청으로 스며드는 아비와 그 아비들의 무수한 손톱에 낀 첩첩한 저녁 같은 거.

어둠을 물어뜯는 푸른 이빨 같은 거.

너무 오래 사랑하다

夏

햇볕 속에서 달콤한 복숭아들이 얼굴을 붉혔다. 두꺼운 종이로 겉포장을 해도, 시집(詩集)은 금방 티가 났다. 시는 뭣 땀시 쓴댜— 단골 백반집 아주머니 말 근처에서 몇 번의 사랑이 지나갔다. 거짓말하던 서정들, 건너 과일 가게엔 복숭아들이 허불허불 웃고 있었다. 일식이었다.

秋

위통처럼 걸린 장마전선에 며칠을 집에서 뒹굴었다. 수음만으로도 천장은 배가 불러왔지만 방생한 물고기들은 바다로 가지 못했다. 숨이 막혔다. 기도와 식도 사이에서, 홈통과 지붕 사이에서, 은밀한 내통이 울컥거렸다. 매직아이처럼 벽지는 지도를 밀어올리고 가을의 나무들이 또륵또륵 목구멍 가득 혈토(血吐)를 내달았다.

冬

애인은 브래지어 없이 나를 만나러 나왔다. 그녀와 헤어져야겠다는 생각을 처음 했다. 광장에 모인 비둘기들은 지나치게 살이 올라 있었다. 통통한 연민들이 땅 위를 서성거렸고 다만 모든 상징이 눈처럼 지루했다. 조형벽은 더러워져가는 내 영혼을 닮아 있었다. 돌아오는 길 근처 공사장에서 비계를 타고 오르내리는 사내를 보았다. 같이 무너져버리고 싶다고 내게, 사랑니가 말했다.

秋

향(香) 자만 갉아먹은 책벌레를 잡아 냄새 맡아보았다. 먼 곳에서 돌아와 바람은 내 황홀한 슬픔에 대해 물었지만 어떤 추억도 향초의 무덤 쪽으로 접근하지 못했다. 벌레의 부드러운 다리들이 허공을 엮는 것 보다가 향기가 지워진 책들을 불살라주었다. 빈 마당의 상처를 낙엽이 다 덮지 못했다. 돌아다닐 행간이 사라진 다음에야 벌레를 축복했다.

夏

꽃 속에서 죽은 적이 있다. 단물에 젖은 날개가 훈장 같았다.

오해

씨줄과 날줄로 엮은 스웨터를 입고 있다.
풀리지 않는 당신은 영원히 따뜻하다.

플라시보 당신

가건물촌의 동거는 낡았다. 보도블록의 금 밟지 않기 놀이처럼 지루했다. 오후의 햇살이 남은 빨래 자진자진 말리고 하수구 틈새로 다 흘러가버려도 어머니, 꽃 이불 아랫목에 안전(安全)히 누워 계셨다. 활짝 핀 목단이 너무 무거워요. 늘어진 위장 같은 가죽 주머니 속, 쏟아지는 당신, 얘야, 이건 아스피린이고 아달린이고 저건 노발긴이란다. 고서의 주문(呪文)을 닮은 이름들, 그런데 어머니 그것들은 왜 자꾸 모으세요?

토란 잎만한 어둠이 툭툭 흔들리며 창밖을 서성거렸다. 뿌리혹은 스티로폼 네모난 화분 속에서도 둥글게 부풀었다. 복부 어느 언저리 누르면 까르르 터져버릴 듯 어머니, 누워만 계셨다. 사시나무 위로 부르르 전철이 지나가요. 벽지 위로 실낱 같은 금들이 보란 듯 자라고 있어요. 콩나물시루의 저 또랑또랑한 눈빛…… 어머니, 어젯밤엔 아주 탱탱한 풍선을 타고 하늘에 닿는 꿈을 꿨어요. 어디쯤에선 이 포락도 파스텔 빛으로 단단히 타오를까요? 담쟁이의 끈끈함으로 어둠은 아랫목, 목, 목, 세상 모든 목을 조르고 있네요.

그런데 어머니, 오늘도 알약 같은 보름달이 뜨려나봐요.

봄밤을 위한 에스키스
—역사(驛舍)에서

가로등이 제 아랫도리를 비추었다. 땅 위에 번져가던 어둠이 흠칫 놀라며 멈추어 섰으나 이내 성큼성큼 그 무거운 빛깔을 옮겨갈 때 나는 불씨 하나 손에 쥔 사내가 쓰레기통에 불을 놓고 가는 것을 보았다. 가끔씩 터져서 튀어오르는 무엇이 몇 개의 별을 공중에 박아놓기도 했지만 누구도 이 어둠을 흔들어놓지 못했으므로, 나무의 떨림을 다스하게 덧칠하는 연기 자락, 생(生)은 흐렸다. 사람들의 입 막으며 저녁이 선로의 빛나는 침묵 위를 종단한다. 덜컹거리며 다가올 열차는 무엇으로 스스로의 이정표를 찾아가는지, 주머니 속 차표를 만지작거렸다. 희망은 닳거나 구겨져 있었다.

입면도(立面圖)를 위한 에스키스

희망누수탐지원 양지천막간판 시네마천국 조은세상인테리어 미소치과의원 오뚜기문구 행복사진관 굿모닝빵집 더 이상은 붙일 곳 없는 덕담들이 새로 세운 사거리를 메우고 있네. 해도 팔팔 개소주, 간판이 매달린 크레인의 입질을 개 한 마리 혀 내두르며 바라보고 있네. 눈 바로 뜨지 못했네. 눈 감아야 보이는 것들 있다고 창문을 내다는 일도 눈 뜨는 일이라고, 빈혈 앓듯 강의 시간은 어지러웠네. 말레비치를 역설하던 한 건축가는 간판이 건축물의 얼굴을 망친다고, 하얗게 머리가 세는 순간까지 변설(辯舌)했네. 거짓말처럼 창밖에는 눈 내리고 주름 가득한 바람이 입간판을 팽이처럼 돌리며 놀았네. 묽은 죽이나 가면 따위를 팔아 사람들은 어미에게로, 늙은 어미에게로 모두 흩어졌네. 마지막엔 어떤 표정을 지어야 할까. 뚜벅뚜벅 걸어들어오는 봄꽃들에게 지루한 내 면면은 아름다울 수 있을까. 문을 열면, 내다 걸 무엇도 없는 시절이 밖을 서성거렸네. 얼굴마다 진저리치며 웃고 있었네. 졸업이었네.

봄밤을 위한 에스키스 2

많은 날 다 보내고, 그 많은 사람 다 보내고 그래도 모자라 써봅니다. 벚꽃 편지, 나무를 안고 일어서본 사람은 알지요. 쿵쿵 나무의 심장이 들려주는 둥근 도장의 파문, 창문을 열며 꽃들은 통증처럼 터지고, 긴 봄밤 나는 허리 앓습니다. 허리라는 중심과 중심의 아득함, 점점 번지는 그 어지러운 덧없음이 집 근처를 서성거릴 때 나는 당신이 없는 집을 고치고…… 집을 다 고치고 나면 제 허리를 고칠 겁니다. 연골에 칼금 긋듯 흐르던 겨울 별자리들, 소식 끊어진 날들은 어땠나요. 견딤과 그 견딤의 구부러짐, 한 장 한 장 벚꽃은 제 몫의 이별을 편지 쓰고, 이 긴 봄밤, 징검다리 같은 척추 디디며 나는 당신에게 못 갑니다. 휘어진 길들은 좀체 펴지질 않아요…… 벚꽃 편지, 많은 날 다 보내고, 그 많은 사람 다 보내고 그래도 모자라 또 써봅니다.

우중산책(雨中散策)

누이야, 빗소리가 내 귀를 파먹는 밤이네. 이런 밤엔
머리에 아름다운 꽃 한 송이 꽂아보고 싶어.
온몸에 미친년 치맛자락 같은 실밥 두르고
나도 한 번쯤 흐드러지고 싶어. 꽉 찬 지푸라기 업고,
더욱 꽉 찬 결핍의 사타구니로 앙앙 울어대는
베개를 낳고 싶어. 누이야, 오랜 건조주의보는
빗살의 완곡한 철창 안에 갇혀 난처한 얼굴이네.
빗물이 안경을 타고 흘러내리고 있어. 활활
타올라보지도 못한 채 가로수들은
잎과 가지를 뒤섞으며 둥글게 일그러지고 있어.
매직아이처럼 어느 순간 떠올라 둥둥 흘러가는
산책이여, 조난당한 우중의 외도여.
눈 어두운 길 위의 애무는 배꼽 같은 가등 밑에서
아득한 피안의 표정으로 서로를 적셨지만,
머리에 꽃을 꽂은 여자는 미친 여자
라는 상징은 아직 유효한가. 머리엔 처녀치마꽃,
안테나 높이 올리고 빗소리가 파먹은
상처의 둥근 귓바퀴 따라 걸어보고 싶어.
도저한 빗물 받아먹고 돌멩이 맞아 죽은 아들 하나 잉태
하고 싶어.

나무에게 묻다

나는 나의 아무것도 나무와 바꿀 생각이 없으나
그가 꿈꾸는 것들을 물어본 적도 없다.

스님들은 일찍부터 선방(禪房)에 들었단다.
지나가던 보살에게 위치를 묻자
낮지 않은 돌담, 속세를 막아서는데
천천히 고개 돌려보니
담장 위로 낯을 내민 대숲이 오히려 나를 보고 있다.
앉았던 돌무지 위를 추스리며 내가 다가가자
대숲은 바람 지는 곳을 가리키며 이내 서걱거리고
사백 년이 넘었다는 느티나무는 그저
소소한 웃음만으로 제 주름 누르고 섰을 뿐이다.
나무들은 언제 이곳에 처음 뿌리내렸을까.
나뭇잎만큼의 자잘한 햇살 밑으로
세월의 갈피를 펼치고
섬세한 잎맥들의 반흔을 짚어가면
뒤바뀐 생의 주어(主語)들이 왈칵 쏟아져내린다.
언젠가 내가 게워내던 순한 연둣빛
마른 가지를 닮은 사람 하나
정갈한 싸리비 자국을 밟고
한 번쯤 뒤돌아보며 스쳐가던 기억,
하늘에 닿지 않아도 가늠할 수 있던 내 오래된 궤도의 연원
위를 까치 한 마리 선 긋고 달아난다.

적요한 오후, 적멸궁에 매달린 물고기가
제법 소금기 가신 투명한 파동을 일으킨다. 이제,
나는 묻고 싶다. 우리의 모든 길은
어떻게 원(圓)을 그리다 다시 그 자리에 숨 쉬게 되는지.
슬쩍 돌아앉는 나무가
둥근 햇무리, 후광(後光) 아래로 들고 있었다.

불심검문(不審檢問)

1

정류장마다 절망들이 마중 나와 있었다.
버스에서 내릴 수 없었다.
절망을 만나러 가던 길 아니었으므로. 그런 날,
돌아오는 길은 끝을 확인할 수 없는 전전(戰戰)이었고
막다른 긍긍(兢兢)이었다.
고단한 잇몸을 가진 버스들이
입 벌린 채 잠들어 있었고 그런 입속에 들어가
순한 먹이가 되어도 되겠냐고, 아직
계절 속으로 돌아가지 못한 새에게 묻곤 했다.

2

숲이 어디까지 짙어질 수 있는지,
위험한 짐승들을 키우기에 불신은
또 얼마나 적당한 온도였는지 알지 못했다.
너는 어디로 가는 길이지? 길을 막고
두 팔 벌린 붉은 십자가들이 물었다.
나무는 시월 같은 얼굴로 웃고 있었다. 그런 날,
밤은 수없는 논리를 내게 던졌고 가등은
샴쌍둥이처럼 서서 하나의 뿌리에 관해 질문했다.
뒷골목엔 또다른 절망을 낳는 여자들
신음이 아무렇게나 길이 되고 있었다.

3

정류장마다 절망들이 마중 나와 있었다. 담을 넘듯,
당신과 내가 겹치듯, 세월을 건너뛰면 안 되나.
겨울 정류장 부근엔 주민증처럼 얇아진 사람들이
자주 버스를 놓치거나 버스에서 내리지 못한다.

폭설

1

길이 낮게 들썩인다. 폭설이 시작되자 밤의 나무들은 모두 가등(街燈) 아래로 모여든다. 먼 곳의 숲이 어진 나무들을 모아 이름 없는 산이 되고 스스로의 경계를 지우는 동안 나는 점찍을 수 없는 어떤 나라의 낡은 지도를 펼치곤 하였다. 어머니, 제발 엔카 좀 그만 부르세요. 그립지 않은 것도 가끔은 그리운 밤, 화해나 용서 같은 말에 밑불을 놓고 창밖으로 혀 내밀면, 닿을 수 없는 공중에서부터 눈발은 거친 둔덕 아래로 곤두박질쳤다.

와르르 무너졌다가 다시 튕겨오르는 백발(白髮), 틈새마다 바람이 푸르르 긇다간 소리 없이 사라졌다. 그만 자려무나.

2

쉬 붉어진 알등과 내가 할 수 있는 일이란 밤새 더러워진 문자들을 닦거나 숨죽여 지도를 그리는 일, 길은 마른 오징어 같았다. 쪼그라든 빨판 같은 어머니 기침 소리에도 기억은 총총 토막나곤 하였다. 가령, 지면 위로 손바닥 흔드는 낙엽의 고별이나 어머니의 잠 속을 퇴각하는 늙은 군인들의 발자국 따위, 그 위를 덮으며 눈은 가등 아래서 한 번 더 내린다.

고단한 주어(主語)들이 부드럽고 아픈 묘혈 짓는다. 희고 둥근 창밖으로 밤새 미완의 빛들이 절뚝이며 흘러다녔다. 무례한 손전등처럼 더듬어보는 아랫목 어머니 모로 누우신 능선 본다. 길이, 아득하다.

청동 기마상

자주 머리가 무겁다. 십일월의 거리는 내게 금지된 약물을 권하거나 혹은 침묵한다. 플래카드가 아니다. 저 나무와 나무의 귀에 걸려 있는 흰 마스크, 아무래도 좋다. 거리에 관하여 나는 그 일부만을 긍정하므로. 끄덕끄덕 햇살을 털어 제 뿌리를 덮는 나무들, 그러나 한때의 빛나던 은빛은 금방 사라진다. 나의 계통수는 검고 자잘한 그늘의 맛에 익숙하다. 나무는 가끔씩 마른 시위를 당겨 하늘 높이 새들을 쏘아올리지만 화살 따위는 차라리 관념에 가깝다.

한 연대의 슬픈 계보처럼 풍경은 바람을 거느리고 바람은 속도를 거느리고 죽음을 거느리고 다시 죽음은 죽음의 종복을…… 느릿느릿 구름 거푸집들이 녹슨 풍경을 낳는다. 거리마다 딱딱한 고치들, 바람을 덮고 잠이 든다. 둔부를 들썩거리면서, 움켜쥔 손아귀의 밤을 당기면서, 세월은 꼭 그만큼의 보폭을 늘려왔을까.

그러나 십일월, 거리는 아무런 말이 없다. 뾰족한 손가락 끝에 오소소 바람 긁힌다. 말 타는 소리도 없이 나무들은 그리움 자꾸 쏘아올린다. 무거운 투구를 쓰고 밤은, 텅 빈 가족사(家族史)의 안쪽을 걸어다닌다.

한꺼번에 발산하는 푸른 새들, 흩어진 가계처럼 어지럽다.

병상 일기

병실의 창문은 벙어리였다.
검은색 코킹제로 봉합된 혀
언제부터 저 입 굳게 다물었는지,
여문 시간의 가장자리로
곰팡이 꽃 더듬거리며 피었다
지면 여기 얼마나 많은 가슴들이
스스로의 말문에 족쇄를 달며 돌아갔겠는가.
외로운 것, 소리 없는 것
몸 밖으로 밀고 나간 영혼들이
올올의 심지처럼 서서
눈 먹먹한 진눈깨비 뿌렸다.
무슨 검사를 하러 간다던
옆 침대의 환자는 아직 돌아오지 않았는데
쓸쓸한 쟁반 위의 한 끼가 그를 기다리고
나는 기다릴 것도 없는
저녁의 과일들을 다시 한번 씻어놓는다.
막막한 내 숨통의 길을 찾아
천정에 매달린 환풍구가
웅웅웅 겨울을 앓는 동안
내 오랜 병상을 붙들어오던 불구의 사랑도,
필경엔 거울이나 되어 서성이는
저녁의 창문 같은 것임을 알겠다.

2부

너무 많은 하늘이 스쳐 지나갔다

그리운 습격

파편처럼 흩어지네, 사람들
한여름 처마 밑에 고드름으로 박히네. 뚝뚝,
머리카락 끝에서 별이 떨어지네.
흰 비둘기 신호탄처럼 날아오르면
지상엔 금세 팬 웅덩이 몇 개 징검다리를 만드네.
철모도 없이, 사내 하나 용감하게 뛰어가네.
대책 없는 시가전 속엔 총알도 원두막도 그리운 적(敵)도 없네.
마음 골라 디딜 부드러운 폐허뿐이네.

빵 냄새를 길어올리던 저녁이
불빛 아래 무장해제되네. 사람들,
거기 일렬의 문장처럼 서서 처형되네.
교과서 깊이 접어둔 계집애 하나 반듯하게 피었다
지면 사랑아, 모든 첫사랑은
아름다운 패배였을까.
나는 홀로 건너가는 잔병(殘兵)처럼 남아,
빵집 앞 사거리 침묵이 침묵을 호명하는 낮은 소리 듣네.
어둠이 빵을 굽고 그리움 외등처럼 부푸네.

소나기의 습격을, 누구도 피할 수 없네.

구름 편력

셀 수 없는 구름들을 나는 지나왔으니,
서해 어디쯤이거나 차가운 사막의 귀퉁이쯤이 태생이었을
구름의 먼 행보는 모르는 것으로 한다.
석 달 열흘 동안 먹장구름이 눈물로 떠나지 않았다거나
나와 어느 달콤한 오월의 구름 사이에
보름달 같은 아이가 자란다는,
뜬소문들이 연기처럼 자라나 헐한 저녁을 짓곤 했다.

그러나 이제 시월,
하늘은 생각의 고도(高度)를 조금 높인다. 실상은 늘
비가 되어버린 구름의 후일담 같은 것.
나는 구름을 위해 몇 편의 시를 짓거나
시절의 아름다운 증거를 사진 속에 가두었으나
대부분 먼 배경이었으며 알고 보면
구름 모자들이 한 번쯤 쓰윽 나를 써보고 간 것뿐이었다.
뒤를 삶이 들러리처럼 걸었으니,
변덕스럽고 지독했던 체위가 내 이력의 전부였구나.
내가 가졌던, 그러나 위독했던 한 때의 구름들,
그녀들이 알선해준 내 몽상의 일터엔
한 줄로 선 토끼나 양 떼들이 슬픈 톱니바퀴를 돌리고 있다.
구름이 나를 망쳤다.

너무 많은 하늘이 나를 스쳐 지나갔다.

1659년, 고라니 혹은 사슴

상평통보 무배자전을 위조한 기억이 있다.
조선시대에도 나는 시인이었는데, 시인이래봐야
장에 들러 선인의 시나 읊고 가사나 불러
소인묵객의 흉내나 내는 일이었다.
떠돌이가 어찌 엽전을 위조하였는가 하면
삭방도, 그러니까 지금의 함경도에 살던 먼 친척,
야장이었던 그의 대장간을 쉬 빌려 쓸 수 있던 까닭이다.

조립과 제작을 즐기는 것이 천성이어서
현생 역시 그런 천한 직업을 가지게 되었는데
한 가지 아무리 추억하려 해도 떠오르지 않는 것은
참형을 당한 기억이다. 참형을 당한 기억이 없으니
나는 죽는 날까지 이곳저곳을 들짐승처럼 떠돌다
낙막하고도 다복한 삶을 마쳤는지 모른다.

대신 탁주를 품에 안고 꺽꺽 울던 기억이 있다.
겨울이 깊도록 꽃이 지지 않았으니
누룩꽃 피는 내 몸에 술 한잔 바치지 못했다.
술이 쓴 것은 아직도 그 버릇이 남아서다. 굳이 말하자면
여러 번 헤어졌으나 단 한 번도 만난 적 없는 당신,
당신은 연생(緣生)이 모조해내던 추억이었으며
1659년은 그런 당신의 부재가 남긴 미록했던 날들이었다.

종합사회복지관

선물 세트 같아. 고만고만한 수영장과 고만고만한 헬스 기구들. 봄 나무들을 잔뜩 심어놓고 시 창작반 선생은 아줌마들을 기다린다. 나무의 나이테처럼 겹치지 않는 사람들을 생각했다. 물관처럼 쉼 없이 무언가를 길어올리는 창문이 낮달을 꺼내 보였다. 평생 배울 수 있다면 그것은 슬픔의 종류를 구분하는 상자를 하나 얻는 것. 달이나 태양이 한 상자 속에 들어가도 될까, 물었지만 누구도 숨겨둔 꽃의 이름을 말하지 않았다. 어린아이들과 노인들이 칸칸 채워진 선물 세트, 시를 다 배우고 나면 어서어서 허리가 굽어 물리치료실로 가셔야죠, 배를 땅에 붙인 비둘기가 계절을 재촉한다. 장난감과 양갱이, 치약과 과자가 당신의 기억 속에서 한 가롭게 뒤섞이고 있었다.

사랑에 관한 짧은 몸살

지렁지렁, 사인 곡선처럼 반복되는 환청 듣는다. 별들이, 머리맡에 모여 묻는다. 그립냐, 그립냐고 발음하는 그 발긋발긋, 열꽃들 이마에 필 때마다 창문은 제 흐린 예감이 가렵고 물컹물컹한 살 금방이라도 허물 듯 나는 헛땀 쏟는다. 이제 곧 비가 오리라. 살기 위해 머리 내미는 가느다란 기억의 농담(濃淡)들, 몸을 허락하는 것보다 사랑한다 말하는 일이 더 어려웠던 여자가 있어서 꼬물꼬물 콩나물 대가리처럼 피는 아픔 있어서 힘겹지만 아름다운 진흙 향기 하늘까지 오른다. 머리가 끊어지면 꼬리가, 꼬리가 끊어지면 머리가 대신하는…… 추억의 몸, 몸들 왜 만질 수 없는 강박의 방들은 모두 환형(環形)인가.

내 머릿속 황토밭, 지렁지렁 당신을 앓는다.

문고판 하이틴 로맨스

—주원에게

책마다 영혼이 들어 있었다. 몸은 작고 내부는 두터워서 늘 숨어 있기에 좋았으므로, 애인이 책갈피에서 떨어져 꽃을 피우기도 했다.

영혼이라는 말에선 언제나 구름 냄새가 났다. 사랑도 마찬가지였다. 지상에 디뎌야 할 발들이 보이지 않았다. 깨어나면 키가 한 뼘씩 자라 있었다.

슬픔 아니면 기쁨이었다. 우리의 아름다운 주인공은 죄가 너무 많아, 다만 모든 게 억울했고 바람이 엮어준 플라타너스 그늘은 꼭 셋이나 일곱 명을 무리 지어주었다. 백마 아니면 흑마였고 시험에 나오거나 혹은 나오지 않는 계절이었다.

커서 뭐가 되겠냐는 질문이 많았고 강물은 자주 도로를 덮쳤다. 그때마다 문고판을 하나씩 사모았다. 견고한 바람벽 속에서 무언가 되겠다는 생각이 생각들을 버리고 있었다. 때로 텅 빈 동공을 가진 나무들의 수화가 아름다웠다.

교과서 위에 포개어 읽으면 허벅지가 허벅지 위에 겹쳐는 아찔한 시너 내음이 났다. 꿈의 대부분은 휘발하기에 좋았다. 모든 게 단편이었고 한 권이 끝나면 우리는 쉽게 잊혀졌다. 세월은 겨우 몇 개의 목차로 요약된다는 걸 몰랐다.

액자 소설

액자 속에서 노을 진다. 잠 못 드는 밤마다 물처럼 흘렀지만, 우리는 사랑의 정물, 액(液)은 은밀히 밥을 짓고 분주한 슬픔을 나누어 먹다 아이가 태어난다. 아이의 깜박거리는 눈은 새로운 구름 몇 장을 인화하고 나는 아직 하늘이 채 지워지지 않은 유리창을 꺼내며 말한다, 조심하렴.

아이는 언젠가 완성된 액자 속에 우리를 가둘 것이다. 우리는 한때를 누린 아름다운 정물, 사과처럼 화병처럼 붉은 테이블보 위엔 조용히 액(厄)이 쌓이다 저녁은 자주 화분 속 구근처럼 무거워진다. 들어가세요 아버지, 아버지가 평생 사셔야 할 방이에요. 의식의 흐름에 따른 순서대로,

액자 속 노을 진다. 유리창, 금 간 거미줄에 노을 걸린다. 놀 속의 붉은 놀, 액자 속의 액자, 아이 속의 아이, 추억이 중얼거린다. 네모 안의 네모의 네모안의네모의네모안의네모의네모*는 구름이 묻어 있는 유리창을 또 갈아 끼우고 이야기는 끝없이 이야기를 낳는다.

나는 수인의 몸이었다.

* 이상, 「건축무한육면각체」에서 변용.

이중섭〔李仲燮〕*

아버지는 내게 사진을 가르치고, 찍어보렴.

아름다운 날엔 소풍 가야 한다. 신선한 피가 듬뿍 담긴 고기와 낡은 사진기를 들고, 단 하나의 배경이 자라는 곳으로. 고립된 것일수록 심도가 낮은 법. 작은 실핏줄의 내파(內波)가 전신을 무너뜨리듯 더 깊은 그늘을 꺼내려 몸 흔드는 나무를 보았다. 아름다워, 뽑히지 않을 만큼만 흔들리는 나의 참혹. 식구들이 가장 행복했던 때,

아버지는 내게 육식을 가르치고, 먹어보렴.

착착 혀에 감기던 연민의 손바닥 비벼 불을 지핀다. 가까울수록 심도가 낮아지는 기억들을 골라 나는, 이리저리 뒤집는다. 고기 굽는다. 고기는 연하고, 오래 견뎌온 몸을 태운 연기는 쉬 구름이 되지 못한다. 흔들리지 마. 두 손에 바람을 움켜쥐고, 가장 아름다운 모습을 찍어두자. 질긴 허물을 벗어버린 고기는 달고 매운 연기에 자꾸 눈시울 붉어지는 날.

* 이중섭(1916~1956), 화가.

한아름

주위로 사람들이 몰려들었다. 막대기로 찔러보고 전등으로 비추어보고 저마다 검은 구멍을 열어보려 웅성거렸으나,

더 많은 사람들이 찾아와 구멍을 안아보거나 빨아보거나 함부로 제 머리를 집어넣고, 때로 모자를 만들어 쓰기도 했으나,

나는 그 앞에 천막을 짓고 밥을 짓고 시와 바람을 지으며 너른 저녁의 품 속에 들어 당신과 한 천년쯤 살 섞어도 괜찮겠다고……

해가 기울자 붉은 녹물이 빰을 타고 흘러내렸다. 서쪽이 하루에 대해 말하는 동안 내 안에서 나보다 더 커져 있는 한아름의 구멍.

일생이란, 가령 츄파춥스를 가득 실은 자전거 한 대가 지나간 것뿐이다. 나는 통통한 볼을 가진 소녀의 이름을 다시금 생각했다.

해마(海馬)를 읽다

버린 말들을 주우러 갔다. 밀려온 피곤이 해변의 발끝에서 잠깐 주름 편다. 바다를 만나면 길도 스스로의 고삐를 놓치고. 걸어온 길이 낚싯대만 같아, 나는 석양을 꿴 바람의 그물 하나가 바다로 던져지는 것을 보았다.

그물 속에는 잘못 떨어진 별들이 몇 개, 걸려든다. 거기 편히 누운 채 끌려오는 해마 한 마리, 오래전 내가 버렸을 말들이 캄캄한 심해에서 만난 건, 당신 아닌가. 유빙처럼 떠다니던 유리병 속 막막한 안부나 파도가 가져가서 되돌려주지 않은 발자국 따위.

제 몸을 향해 돌돌 말린 꼬리에서 자꾸만 안쪽으로 휘어지는 마음 읽는다. 무언가 말하고 싶던 슬픔이 비죽, 입술을 내미는데 봉인된 밀랍의 잠은 말이 없다. 너무 많은 문장을 나는 저 바다에 수장해왔으니 밀려온 해마는 떠도는 내 오랜 전생의 부장품이었던 셈.

납작해진, 해마의 옆모습만 주워 총총 돌아선다. *이 먼 별까지. 그러고 보면 나도 결국 밀려온 것이다.*

Snake Paths

뒷마당 대숲이 피리 불었다. 매미의 날개 밑에서 여름이 공명했다. 날개가 없는 것들은 길 위를 헤매었으나 없는 길에 웅크려 사람들, 독(毒)을 짓기도 했다. 치명적인 건 뱀만이 아니었다. 춤꾼이 된 삼촌은 피리의 음계를 넘어 다시 돌아오지 않았다.

햇살 밑, 새까맣게 타들어가던 작은 엄마, 대신 해바라기가 왈칵, 이빨들을 쏟아내던 그해 가을, 댓잎은 하나둘 우리를 풍경의 길 밖으로 밀어내고 있었다. 굽은 허리를 마지막으로 펴며 할미가 죽고,

겨우 십 년이 흘렀다고 뒷마당 대숲이 허리 꺾으며 또 울었다. 기실 소리의 내력이 길을 불러들였던 것, 모여든 혓바닥들이 텅 빈 고향집 가득 똬리 틀었다. 잠시 뒤엉켰다 다시 흩어질 것이다. 세월은 모두 혀 내두르며 어디론가 흘러가는 것이므로, 풀들은 잠깐 누웠다 바람 소리에 깨어 우리가 지나온 흔적을 지웠다.

변신, 1998년

곤충도감에서나 언뜻 보았던
쌍꼬리부전나비, 깊은산부전나비, 까마귀부전나비,
를 곤충학자 K박사의 기사에서 보았네.

은행 구석에 앉아
신문지의 활자를 뜯어먹던 그해 여름,
소도시의 공장은 끊임없이
공중을 향해 검은 실들을 자아냈지만
곧 구름에 섞여 딱딱한 배경이 되고 말았네.
그레고르 잠자의 잠이 깜박깜박
나를 가두었고 오후가, 그렇게 셔터 안에 갇힌다고
경비원은 내 귀에 속삭였네.
태연히 걸어들어오는 지녁의 얼굴 너머
K박사의 검은 웃음 속 고른 치열들이 자꾸 얼비쳤네. 그렇게
쌍꼬리부전나비와 깊은산부전나비와 까마귀부전나비가
견고한 나무 액자 안에서 활짝, 날개를 열고
무언가 꼭 보여줄 것이 있다는 듯
가지런히 죽어 있었네.

더이상 내가 할 수 있는 일은 없었네.
누에처럼 굼틀대던 여름이었네.

플라스틱 나방

오후와 저녁이 몸 바꾸면 허물 같은 빈자리로 사람들,
이마 위에 기름진 불을 켜고 모여든다. 솥뚜껑 위에선
지글지글 삼겹살이 익어가고
얼굴들을 불판 가까이로 끌어당기며 나는,
오래된 전신주를 이야기한다. 야윈 나무젓가락 같던,
그 위로 어둠이 짙게 우러난 국물 속에 둥둥
떠 있던 알등이 어김없이 밤이면 수없는 잔명을 불러모으던
그 힘에 관하여. 이렇게 선술집 둥근 탁자에 둘러앉아서
무엇이 우리를 파전처럼 한데 부쳐놓았나?
노을빛 아름다운 분노 위의 당신과 내가
넉넉한 현생의 상추 잎 한 장에 덮여 사라져도 되나?
몸 부딪는 주광성의 술잔들, 사이 불씨처럼 오르는 물음은
닿을 수 없는 공중에서 희부윰한 눈꽃이 되고 있었다.

식어가는 둥근 불판에 이마 부딪치며
새벽까지 파닥거리는 슬픈 날개들의 힘을 지켜본 적 있다.
그러니까 가장자리로 몰려가는 눈발은 뜨겁고, 나는
오래전 녹아내린 어떤 전신주에 관해 이야기한 것뿐이다.

독일공작연맹
—동기들에게

바위는 몇 줄의 단서를 보여주고 있었다.
말을 타고 돌아오면 옆집에서 두고 간 몇 겹의 시루떡,
겨울 아래 여름이 아득히 눌려 있고 얇은 기억 위엔
외로움의 외피들이 잔뜩 몸을 껴입고 있다.

노트를 펼쳤지만 모종의 그림들은
이미 눈물로 지워져 있다.
촉수가 낮은 불빛,
아래서 더 환하게 드러나는 당신의 흔적을
바람에게서 얻어 온 몇 올의 머리카락들과 함께
냄비 속에 넣어둔다. 알리바이를 증명하듯
꽁꽁 언 별들은 제 시간에 녹아 머리 위를 건너간다.
촘촘한 등고선들이 천천히 산 위에서 내려오는 소리 듣는다.
더이상 요절을 꿈꿀 수 없는 나이, 이제서야
나는 겨우 당신의 기척을 뒤쫓아왔다.

발을 헛디딘 몇 개의 별들을
스케치와 함께 노트 속에 묻어주었다.

행성 관측

불행이 따라오지 못할 거라 했다.
지나친 속도로 바람이 지나갔고 야윈 시간들이
머릿속에서 겨울, 겨울, 우는 소리를 들었다. 그리고
지나치게 일찍 생을 마친 너를 생각했다.
대개 너는 아름다웠고 밤은 자리끼처럼 쓸쓸했다.
실비식당에서 저녁을 비우다 말고 나는
기다릴 것 없는 따스한 불행들을 다시 한번 기다렸다.
하모니카 소리 삼키며 저기 하심(河心)을 건너가는 열차.
왜 입맛을 잃고 네 행불의 궤도를 떠도는지.
콩나물처럼 긴 꼬리의 형용사는 버려야겠어,
말하던 네 입술은 영영 검은 여백 속으로 졌다.

그래도 살자, 그래도 살자.
국밥 그릇 속엔 늘 같은 종류의 내재율이 흐르고
사람을 끌어당기는 건 여전히 사람이지만
나는 더이상 사람을 믿지 않는다.

서봉氏의 가방

집어넣을 수 없는 것을 넣어야 한다,
는 강박관념에 시달렸다. 거리는
더 커다란 가방을 사주거나
사물을 차곡차곡 접어넣는 인내를 가르쳤으나
바람이 불 때마다 기억은 집을 놓치고
어느 날, 가방을 뒤집어보면
낡은 공허가 쏟아져, 서봉氏는 잔돌처럼 쓸쓸해졌다.

모두 어디로 갔을까.
가령 흐르는 물이나 한 떼의 구름 따위,
망상에 가득 찬 머리통을 담을 수 있는, 그러니까
서봉氏와 서봉氏의 바깥으로 규정된 실체를
통째로 넣고 다닐 만한 가방을 사러 다녔지만
노을 밑에 진열된 햇살은 너무 구체적이고
한정된 연민을 담아 팔고 있었다.

넣을 수 없는 것을 휴대하려는 관념과
이미 오래전 분실된 시간
거기, 서봉氏의 쓸쓸한 가죽 가방이 있다.
오래 노출된 서봉氏는 풍화되거나 낡아가기 쉬워서
바람이나 빗속에선 늘 비린 살내가 풍겼다.
무겁고 질긴 관념을 담고 다니느라
서봉氏의 몸은 자주 아프고

반쯤 벌어진 입은 늘 소문을 향해 슬프게 열려 있다.

3부

바람은 순결하지 못했네

고갈비 굽는 저녁

죽음이, 이렇게나 달다니.
그러나 이 저녁은 생선의 것도 내 것도 아니다.

처서(處暑)라는 말의 내부

골 진 알밤, 무딘 칼날 세워 보니 굵는다. 겨의 주름 깊이 길이 나 있다. 더위가 물러가는 길, 길을 따라 또 길이 돌아오는 길.

죽은 할미도 달의 오래된 우물도 모두 내 안구 속으로 돌아와 박힌다. 깊어가는 수심의 습지에서 남보다 더 오래 우는 개구리의 턱이 깊다.

지나간 애인들의 뒤통수가 전봇대마다 건들건들 매달려 있다. 울음소리를 참아온 나무들이 투명한 손바닥을 여름의 뒷등에 비빈다.

앵앵거리는 추억은 다만 비틀어져갈 뿐, 하나도 안 아프다. 그런 모기의 주둥이처럼 저녁이 오고, 한두 겹의 내력을 더 견디며 나는, 고요의 중심으로 천천히 내려가리라.

더위가 물러가는 길, 파르라니 깎은 몇 개의 알밤을 바가지에 담그면 달의 손바닥들이 내 오래된 뇌(腦)를 쓰다듬는다. 서늘한 나의 카르마.

상강(霜降) 가자

한로 지나 상강 가자. 허름하고 컴컴한 주방의 도마 소리, 누구를 위한 한 끼가 신병처럼 끓는, 새벽 지나 상강 가자.

의자 없는 식당에 들러, 앉지 못하는 나비처럼 들러, 어리어리 잠든 당신 손등 어루만지는 햇살 지나 상강 가자.

상처 난 도마 위에서 사각사각 썰리던 하루 기억하는지. 거기 그 주방에 두고 온 당신이 아직도 누구를 위한 한 끼를 짓는 을씨년.

그래도 상강 가자. 웃옷 하나쯤 더 걸치면 좋을 추억 지나 상강 가자. 놀란 듯 가자. 서리서리 고개 흔들며 당연한 듯 털고 가자. 이제, 당신 지나 상강 가자.

김장하는 법

배추만 있고, 방법은 모르네, 당신도 없는데 나는 식욕이 돋아, 저기 후추나무가 버린 언어를 주워다 바람을 불러다 햇빛과 슬픔을 버무려, 아, 한입, 매운 기억들을 오물거리다,

아리는 이빨처럼 붉게 붉게, 왜 나는 아픈가. 당신도 없는데, 홀로 푸냥히 절여지는 변죽들, 얼굴인지 조각난 햇살의 이마인지 모를, 몇 포기 환한 머리들을 꾹꾹 누르다, 항아리에 눌러 담다,

법 없이도 발효(醱酵)되는, 발효(發效)되는 당신, 정답은 없고 당신도 없는데, 겨우내 옹관처럼 거기 묻혀 조금씩 조금씩 나를 꺼내 먹는 당신.

청량리 만(灣)

구불구불 뇌 속, 웅크린 상점의 여자는 뜨개질 중이네. 너울너울 나비처럼 순한 춤처럼 그녀의 입속에서 길들이 흘러나오네.

모든 길은 꽃 피우고 거기 나무 세웠네. 거미의 꽁무니로 빠져나가는 저녁, 탄식의 갓길 위로 나를 걷게도 했네. 돌아가기 너무 먼 곳은 쉽게 잊혀졌네.

바람은 순결하지 못했네. 누대의 주름이 병든 대지를 양탄자처럼 띄우며 노는 동안 청량, 청량, 내 낮은 단잠의 수위를 웃돌던 파도 소리.

올올 흩어져 흘러가는 홍진은 모두가 놓친 길이었으므로, 늘 유심한 문장이었네. 함몰과 범람의 엉킨 타래를 잣는 낡은 물소리를 나는 읽네. 머릿속,

좀체 완성되지 않는 파랑(波浪)을 그녀는 뜨개질 중이네. 흘러서 끝이었을까 끝이어서 흘러들었을까. 한 땀 한 땀 견디며 건너는 만이 거기 다 있네.

갈라파고스, 서울

이정표가, 무성한 갈대처럼 돈아 바람의 향방을 읽어보지만
따라가보면 모두 한곳이다. 화살의 직관을 버리고 고향을 물어보면 사람들,

다 파도처럼 살았다. 밤을 밀며 가거나 혹은 저기 밀려오는
취객들의 출렁이는 이마 아래 곤한 갈매기, 숨은 그림처럼 아득하다.

또륵또륵 알등은 모의(謀議)처럼 빛나고, 춥다. 회빛의 거대한 숲이
검은 구름들을 목젖 아래까지 당겨 덮는다.

온몸이 흰 저녁의 빗줄기가 한바탕 환한 우산꽃들을 몰고 간다.
은밀한 피리 소리가 제 안의 짐승들을 불러내면
철벅거리는 밤의 우듬지에 모여 어른들, 서럽게 알을 슬고

멧새 부리 같은 당신의 입술은 꾹꾹 낡은 비애를 되씹는다.
비릿하고 촉촉한 슬픔이 유전된다. 입에서 입으로 건너온,
경계에서 피고 진 이곳의 오랜 기원에 관해서는 서로 모

른 체하기로 한다.

변종(變種)의 사이렌 소리가 급히 창밖 도로에 금 긋는다. 놀라 갈라서는,
군상들의 섬 사이를 실뱀처럼 미끄러져 가는 바람, 바람에게 빌린
한 칸의 방에선, 당신도 너무 멀다.

밀물라면

한 젓가락 불어버린 저녁을 건져올리다 퍼올려도 퍼올려도 물이 줄지 않던 동구 우물처럼 냄비 속 내력은 더디고 깊었다.

앉은뱅이 밥상 떨어져나간 모서리마다 생목(生木) 같은 식구들은 조각의 어긋난 이빨이다가 붉은 기름 번지는 미끄러운 해변이었다.

가려움 많아서 밤이면 부스럼 같은 별들 머리맡까지 밀려들고 혼자 본 저녁상.

밥 한 덩이 말아넣고 달빛 꾹꾹 누르면 구불구불한 생각의 너울이, 구겨진 냄비의 서늘한 눈빛이 숟가락 가득 어른거려.

잔반들, 수챗구멍으로 돌려보내며 들었다. 오목한 밀물 되어 건너오는 세상 가장 가느다란 안부들.

이상기후

그리움이 지나쳐, 아이야. 봄에, 폭설. 꽃들이 해안을 걷다 쓰러졌다. 사장(沙場) 때문이었겠지만, 당신을 붙잡지 못한 건 당신이 미끄러워서냐. 수상한 아이들이 몰려다니는 골목.

*

그러니까 일기도란 내가 앉은 이 어둑신한 골목과 심장이라는 당신의 언덕 사이에 놓인 등고선의 간격이었구나. 그립냐, 그립냐. 물어보면 하늘은 금세 미량의 구름과 미량의 어둠과 미량의 눈물을 섞어놓는다. 마땅한 처방이냐. 발이 시려워, 앉을 곳 찾지 못하는 나비, 그게 나 아니냐. 저체온증을 앓는 당신 아니냐.

*

아이야. 밤에, 해일. 아침에 눈을 뜨면 알 수 없는 문자들이 머리맡까지 밀려와 있었다. 떠내려가지 못한 나는, 어디로 가야 할까. 혹은 어디로 가지 말아야 할까. 목단꽃 이불을 모아 바다처럼 펼치면, 리아스식 해안엔 다시 폭설. 여긴 촛불이 태양보다 따뜻하다.

*

갈비뼈 같은 도면을 쥐고 내가 신촌의 날카로운 지하방으로 내려갈 때, 라니냐, 라니냐, 바람 분다. 에스파냐 이비자섬에서 불어오는 슬픈 바람.

행성 관측 2
—원룸

B102호, B103호…… 혹성의 이름 같은, 홀씨들이 벽마다 실금 긋는 방이다. 생의 캄캄한 산문(散文)을 위하여 아침은 햇살을 끌어다 담장 너머로 던져주는 집배원의 말간 손가락 같다. 밤새 누군가 유리창에 쓰고 간 선명한 무늬들, 남루겠지. 서로 기대지 못한 것들은 모두가 궤도였네.

*

깊고 천박하여 내 잠은 알지 못했네. 밤이 어디로부터 와서 열병 앓는지. 서늘한 아궁이 속, 하얀 운석의 사리들을 긁어 대문 밖에 내다놓는다. 푸른 쓰레기차를 보낸다. 저 빛을 따라가고 싶어, 벽마다 뿌리가 자라는 방이라면 금 너머 어딘가 숲이 있었다는 뜻일까. 메아리 깊은 방, 하나를 말하면 하나가 벌거벗고 돌아오는 방.

*

카타콤 같은, 기억은 쉽게 땅 위로 떠오르지 못한다. 그러나 길을 잃지는 않을 것이다. 문은 하나이니까…… 중얼거리는 방. 두 개인 것 없는 방. 미라처럼 햇살이 쓸쓸함을 깊이 감아도는 방. 아무도 깨워주지 않는 방. '잠만 잘 분.' 그렇게 구한 방. 자고 일어나 또다시 잠만 자는, 홀로 자전하는 방.

그믐

꽃들이 소란하구나, 할머니가 꺼낸 소리들이 도배지 꽃으로 촘촘히 피어올랐다. 할머니 그만하세요. 신발은 밖에서나 신는 거라구요. 아버지가 자물쇠를 뒤집어 단 뒤, 하루가 멀다 하고 눈이 내렸다. 푸른 창문 밖으로 이웃집 일가를 싣고 가는 커다란 배, 집 안에서는 신바알 신바알을 외치며 신기료장수가 지나다닌다. 아저씨 제발 저 꽃신 좀 가져가세요.

누가 자꾸만 나를 부르는 걸까. 돌음계단을 오르다가 문득 발이 아프다. 나는, 누가 벗어두고 떠난 신발이었을까. 날카로운 돌들이 온몸에 박혀 있다. 할머니의 목청은 절규에 가까웠으나, 누이는 종일 밥만 지었다. 아침은 돌아오지 않았고 생솔이 타는 푸른 냉갈엔 아무도 배부르지 않았다. 디딜 곳 없는 마음만 흐드러져 꽃 피우는구나, 중얼거리며 깨어나니, 아비가 되어 있었다. 눈매 깊은 하늘이 쏟아질 듯 위태로웠고 별은 멀리 있었으며, 발을 헛디딘 것들만 가끔씩 이름 없는 유성이 되어 떨어졌다.

윤달

1

묘지에는 꽃눈들, 은밀한 말들을 밀어올린다. 바람은 무슨 전령인 듯 쉴 새 없이 오갔으며 그때마다 가지들은 흔들리거나 스스로 제 이파리를 날려 보내는 일로 유심(有心)하였다. 세월은 믿음직스럽지 못했다. 계절이 계절과 살 섞으며 슬그니 빠져나간 시간들, 뿌리들은 가끔씩 못다 한 말들을 혹처럼 매달기도 했다.

2

나는 더듬거리며 자주 어두운 공원의 행간으로 들어갔으나 둥글게 웅크렸으나 봉분마다 벼린 변명들이 웃자라 있었다. 칼날 같은 그대 뼛조각에 보란 듯 베인 적 많았다. 내 대부분의 날들은 행불의 편지 속에서 늙어갔으므로. 슬근슬근 활자를 지워내던 사립문 밑, 쓸쓸한 선왕(先王), 당신의 한때를 나는 안다.

3

빗줄기의 은유는 질기다. 휘파람을 불자 유빙처럼 떠돌던 고양이 한 마리가 구조신호를 보내온다. 성긴 집채들의 이빨 사이로 누추가 젖은 길을 만든다. 잃어버린 애인이나 구름은 꼭 그만큼의 질량으로 비를 만든다. 얼지 못해 겨울로 내리는 비, 고막마다, 상처를 품은 골목마다 지그시 흘러드는 기억들.

4

투항하듯 돌아온 시간이 악취 풍긴다. 검게 들끓는 시궁쥐들은 이 저녁의 오랜 내력이므로. 썩은 달이 웅덩이마다 가득 고이면, 먼데 가슬가슬 아기의 울음소리가 들리기도 했지만 관(棺)이 완성될수록 사람들은 허기가 더했다. 제 그림자들을 접어진 채 이장(移葬)을 서두르고 있었다.

인형의 성(城)

1

우리를 불러낸 것, 미루어오던 헛약속이었다.

2

도시의 변두리, 유리의 성이 하나 있다. 환한 불 밝히고 성업중인 동물원. 연중무휴 성에는 졸린 눈을 가진 토끼와 푸른 털을 곧추세운 사자가 한뎃잠 섞는다. 천한 태생의 피에로는 너구리의 얼룩한 배에 기댄 채, 제 지팡이를 별에 잇대놓는다. 가끔씩 좋은 곳으로 떠났다는 친구의 입소문이 떠돌기도 했지만 단단히 여문 자물쇠 안에 잠깐씩 갇혔다 떠나는 건 햇살뿐이었다. 웃음을 흩뜨려서는 안 된다. 늦은 밤, 단장한다. 핏기 없는 가등 아래, 인형들은 세상에서 가장 아름다운 얼굴을 내민다.

아슬아슬, 세 발 크레인은 우리들을 한꺼번에 들었다 놓기도 했다. 술 취한 노래들만 길 위로 떠올랐다. 달빛, 킬킬거리는 노란 웃음소리가 저 혼자 기웃거렸고. 그 밤, 누구도 권태의 성 밖으로 우리를 불러내지 못했다.

나비를 추모하다

한겨울 그때, 나는 어느 생(生)의 모퉁이를 돌고 있었고, 당신은 거기 그 좁은 모래 놀이터에 바람 빠진 공처럼 웅크려 있었네. 마디 검은 나뭇가지 아니고, 깨어진 돌의 날카로운 모서리도 아닌 여리고 뭉툭한 손끝으로 당신은, 당신은 두 다리 사이에 머리를 묻고 흙바닥에 무언가 새기고 있었네. 나는 백발의 노인이었는데, 긴 수염의 파도를 따라 흘러가고 있었는데, 당신은 거기 조각 그림자로 우묵하게 그늘져 있었네. 묘사 덜 된 꿈의 갈피처럼, 당신은 오지 않은 봄, 마저 그려넣고 날개를 꺼내고 나비가 되고 당신은 아직 어린 소녀의 몸이고.

당신은 무엇을 새기고 있었을까. 태양이나 달, 혹은 막대 같은 기린 그림, 천년을 돌아서 피어나는 유목의 흔적들, 한없는 여름 쪽을 걸어가도 사랑은 강심에 씻겨 흐르는 것 아니고 나는 당신 손가락이 굳어진 가시고 쓸쓸한 데칼코마니고 고행의 늙은 낙타고 당신 날개의 무늬고.

이연주*

오늘 밤에는 나도 눈처럼 녹을 것이다. 눈 그치고, 고즈넉한 윤회, 계절의 끝은 절박하다. 미친 사람도 단 한 번, 마지막엔 제정신으로 돌아오듯 너를 보내던 새벽길이 그러했듯 웅웅웅 다시 별들이 하늘을 돌고 갑자기 생각난 듯 사람들은 모두 집으로 돌아간다.

근처 공원에서 며칠씩 같은 사람을 만나기도 했지만 한 번도 그의 별자리를 묻지 못했다. 죽은 나무들과 한참 이야기하다보면 문득 먼저 간 시인이 그리워 쓸쓸한 시구에 더러워진 발을 헹군다. 퉁퉁 부어 있는 그대 정신이여 오오, 쉿내 나는 마지막 광대뼈여.

활자들의 날카로운 화살촉에 찔려 잠드는 밤, 천렵의 끝에는 늘 살 그을린 석유 냄새가 달게 밀려든다. 맹수의 이빨 사이에 낀 꿈의 살점들이 선명하다. 맨 뒷장 ISBN 번호처럼 암호로 떠돌다가, 천천히, 나도 언젠가 저 별의 윤전기 밑에 깔려 생을 마칠 것이다.

* 이연주(1953~1992). 시인. 시집 『매음녀가 있는 밤의 시장』(세계사, 1991) 『속죄양, 유다』(세계사, 1993)가 있음.

소한(小寒)

눈 날린다. 당신에 대한 사랑은 수없는 문지방을 풍각쟁이처럼 떠돌다 서른이 되어서야 돌아왔다. 몰랐다. 저 푸른 눈발의 현현이 텅 빈 네 부재와 같은 종류였음을. 피안은 더 큰 창을 내달아 그 풍광 속에 나를 세워두는 일임을. 바람은 혀를 세워 빈 거리의 밑바닥을 핥고 사람들은 제 입 막으며 추억 견딘다. 대지의 엉덩이에 꽂힌 가등 위로 낡은 잎 쥐고 끙끙거리던 나무가 말한다. 조금은 너도 견디고 있구나. 저녁의 긴 다리가 미끄러진다. 환각 위로 또 눈이 엎어진다. 이미 녹은 눈이 어린 눈을 안아 녹인다. 괜찮다 괜찮다, 소한 소한 눈 날린다.

4부

당신이 올라갈 때 나는 내려가요

회전목마가 있는 묘지

당신이 올라갈 때 나는 내려가요, 그리고

묘를 써요. 할머니는 사과를 먹다 죽었어요. 엄마는 극장에 갔죠. 사과의 눈부신 씨방이 너무 따뜻해서 나는 한 번도 밖으로 나갈 생각을 못했어요. 어떤 사람들은 사과를 깎다가 울어요. 사르르 벗겨지는 껍질처럼 수많은 길이 있음을 모르나봐요. 낡은 문지방 같은 나뭇가지 위에서 삼촌은 쓸쓸한 중국 노래를 불러요. 위태롭지만 사실 소멸은 인간만의 습관이죠. 어두워지면 나는 외등이 희미한 거리에 나가 시를 써요. 사체애(死體愛)* 같은 조야한 시를 쓰는 게 소원이지만 비밀한 이 공원에서는 아무도 시를 읽지 않아요. 불그스레한 석양을 입가에 흘리며 기도에 생을 허비할 뿐이죠. 영혼이 살찌는 것을 믿나요? 추한 일이지만요. 오늘도 사람들은 창백한 향초 위에 앉아 사과를 깎네요. 번뜩이는 과도가 숲을 빛내줘요. 번쩍번쩍 공원은 즐거워요. 나는 벗겨진 씨방 속의 검은 씨앗들과 놀아요. 이제 그만 울어요. 당신이 내려갈 때 나는 올라가요. 엄마는 극장에 갔고요. 할머니는 사과를 먹다 죽었어요.

* Necrophillia.

납골당 신축 감리일지

훙훙히 날 저문다. 혼(魂)의 입주일이 가까워오면서 이마에 손수건 붙인 사람들 출입 잦다. 언덕배기로부터 내닫는 바람은 당신의 할머니, 나의 삼촌이 통성명하는 것이므로, 풍하중에 대한 보강을 요구하다.

함바〔飯場〕, 아주머니의 고단한 손금이 허기를 불러모으고, 작업중 음주에 대한 경각심을 일깨우다. 보아라, 베어진 둔덕을 쥐고 휘청거리는 억새의 관절을, 관절을 꺾으며 죽은 자의 아파트가 자라고. 골골골 흘러내리는 위태로운 저녁의 벼랑들.

인부들이 모두 돌아간 뒤 드럼통에 남겨진 잔불을 끄다. 시공(時空)의 이음새가 매끄럽지 못하다. 비를 가진 구름이 북촌에서 몰려오는데 내 거친 영혼은 재설계가 가능할까. 흉측하게 드러난 계단탑 콘크리트가 산 자의 오만처럼 단단하다고 공문을 띄우다.

어둠이 시끄럽다. 나무들이 자주 공사장까지 내려온다. 미리 집을 보러 오는 혼의 처연함. 입주를 위해 꼬박꼬박 부어온 햇살의 계좌는 숲처럼 두텁게라는 시방을 지우고 내 귀가 종이짝처럼 얇아졌다고 쓰다. 계통수를 묻어둔 자리에 말뚝을 박다.

지하 깊숙이 흐르는 물길에 대하여, 별들과 협의하다.

북간도(北間島)

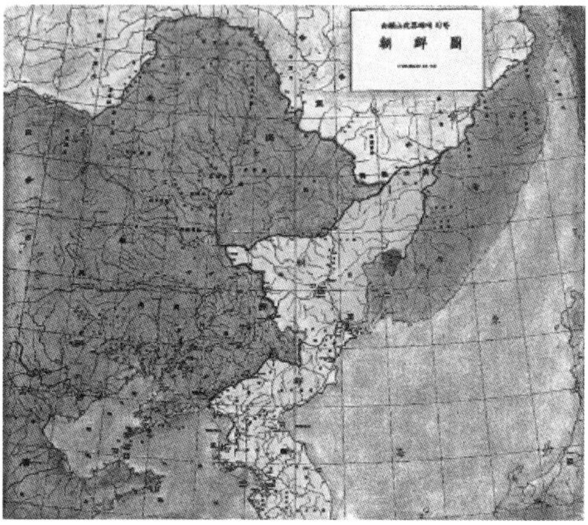

선술집, 허름한 창살들이 현악기처럼 울고 있었습니다. 무릎까지 쌓인 눈이 혈관을 틀어막아 관자놀이 핏줄들 툭툭 불거졌습니다. 모든 소식이 끊어진 뒤였습니다. 내 귀를 잘라간 건 일본 처녀였습니다. 나와 주인 여자, 나를 감시하는 청의 관병이 늦도록 서로의 몰락을 지켜보고 있었습니다. 수수주(酒), 호리병 주둥이를 뛰쳐나온 까마귀들이 어떤 불길함도 없이 달과 언 술잔 사이를 날아다녔습니다. 백년마다 핀다던 화분의 꽃은 주인이 달라져 있었습니다. 슬레이트 지붕에서 칼들이 자라나고 있었습니다. 나를 조롱하는 두 사람의 입이 몇 번 파닥거리는 것을 보았습니다. 함락되지 않을 거대한 분화구 같았습니다. 양철 찜통 속 양고기가 딴 식구처럼 버글버글 끓고 있었습니다.

떨어져나갈 귀도 없는 1909년 겨울이었습니다.

* 위의 그림은 조선도.

서정적, 우로보로스

기차를 타고 가요. 지나친 습도가 비를 불렀겠지만요. 지나치다 지나치다 되뇌어도 길은 자꾸 흘러들었고요. 빗물은 터진 단추처럼 흩어졌지요. 낮게 우물 지는 뇌수는 낯설지 않아요. 버릇처럼 나는 오래된 편지를 뒤적거렸고요.

썩은 눈물이 선명한 나이테를 그리고 있었는데요. 바퀴 위에서의 추억은 한 번도 부드럽게 타오르지 못했어요. 기차를 타고 가요. 그물을 뚫고 가요. 욱신거리던 무릎이 신호하던 생애의 파장, 을 창밖 웅덩이가 한 번 더 보여주네요. 원형들이 환하게 재현하는 북소리.

그리고는 둥둥둥, 수신할 수 없는 날들이 떠서 흘러다녔지요. 아이들은 미끄러운 동심원을 따서 목에 걸기도 했고요. 암호의 반지를 나누어 갖는 연인도 보이네요. 습기 가득한 바람 속에서 터널은 생각나지 않는 당신 품, 기억하려는 듯 몸 펼친 처형의 시간을 살고요.

지나친 습도가 비를 불렀겠지만요, 다 지나간 뒤에도 길은 남지요. 어서 오세요. 제 목을 당신의 꼬리에 묶어두세요. 굳어가는 손가락으로 나는 환형(環形)의 편지를 뒤적거릴 거예요. 다만 그때 서정은 연기처럼 흩날리는 것.

그런데, 아까부터 우리가 물고 있는 이 붉고 향기로운 밤은 누구의 항문인가요?

바벨의 도서관*

책속엔느물느물좀이가살고위로겅중겅중활자가뛰어다니고
보란듯이여백은생을탕진하고죽은몸의잉크가풍화에시달리고
먹다남긴식빵이버석버석말라가고식빵속잼이입에거품을물고

잼속의딸기씨가별처럼외롭고먼빛이어린나무들을키우고
붉은숲속엔저녁의회한이자라고나이테가거침없이파문을찍고
자진하여세월이갇히고거기잊혀진것들이모여살고

잊혀진것들끼리아이를낳고아이가소용돌이를만들고
소용돌이가바빌론언덕을세우고거기책속으로사라지는내가있고
도서관에는없는것이없고영원히영원한것은없고

텅빈방안에그대가없고노랗게웃는은행잎은앞니가없고
영원한부재속에영원이있고어린혼돈이쑥쑥커가고
담쟁이가끝없이자라나고다만책속엔느물느물좀이가, 내가.

* 보르헤스의 동명의 소설에서.

채마밭 약사(略史)

1971

의문의, 쓸쓸한 다년생.

1980

누가 내 입에 철심을 박아놓았지? 입을 오물거릴 때마다 철걱철걱 쇠 소리가 들렸다. 곧 꽃이 필 거다. 아버지 내게 속삭였다. 반들반들한 겨울 햇살이 혜화동의 이마 위로 미끄러지고 있었다. 버스정류장의 사람들은 늦은 파꽃처럼 머리가 커져 있었다. 전위의 것들은 모두 바람을 쫓거나 쫓겨 다니고 있었지만. 거긴 함정이에요— 아무도 내 말을 알아듣지 못했다. 돌아오는 형들의 늦은 연애가 잎잎 화약 냄새를 앞세우고 있었다. 네가 기다리는 것들은 오지 않을 거다. 벌레 먹은 달빛을 거두며 아버지 중얼거렸다. 철심은 점점 더 깊이 박히고 있었다.

1989

우리도 햇빛 드는 곳에 좀 살아요. 상추가 못된 꽃대를 밀어올리는구나. 뿌리내리는 건 땅속의 일만은 아니란다.

2006

아무도 내 머리 위에 물을 뿌리지 않는 시간.
이제 싹 같은 건 기다리지 마세요. 미안하게도,
제겐 더이상 피울 꽃이 없어요. 아버지.

신혼기(記)

김밥처럼, 내 근심들은 먹기에 좋네. 밤새 달군 연둣빛 씨앗들을 보자기에 싸서 나 소풍 가네. 시즙(屍汁) 같은 관습이나 다락의 혁명 따위는 두고 가네. 사람들, 묘목이 담긴 제 그림자만한 배낭을 준비하네. 잎새마다 서약은 풍성하고 짙은 소나기도 오늘만은 달콤하네.

날카로운 삽날의 끝에서 더욱 날카롭게 자랄 절망의 뿌리들을 나는 사랑하네. 부케의 꽃들은 화려한 근심의 날들을 기약할 것이고 바람은 그 추억을 앞세워 떠돌겠네. 찰칵, 침묵의 형장들을 양지 쪽에 세워두네. 완벽한 그늘을 꿈꾸었으므로, 죽음의 완성에 이르기엔 나는 너무 젊고 다만, 아이들은 아직 햇살의 편이네.

화창한 봄날, 벌거숭이 둔덕 위에 꽃씨를 뿌리겠네. 나의 신부는, 따뜻한 무덤으로 부풀겠네. 몇 개, 의혹의 씨앗들도 함께 묻어두네. 무럭무럭 근심은 자랄 것이네. 망각의 흙더미 위에서 천국과 지옥은 아름드리 대칭을 이루겠네. 환(丸)처럼 내 근심들은 나눠 심기에 좋네.

아름다운 사막
—김솔에게

어떤 사내는 사막으로 걸어들어온 이후 한 번도 밖으로 돌아나가지 못했다. 낙타를 잃은 어둠 속에서는 한 여인을 위해 울 수 있어야 한다. 사내들은 모두 다른 별에서 건너왔다. 긴 시간을 건너온 상인답게 헐벗은 온몸쯤은 웃음으로 가릴 줄 안다. 그들의 혀끝에서 모래바람이 일고 또 사라졌다. 슬근슬근 빠져나가는 시간 대신 무수한 전갈들이 안으로 쌓였다. 기억하고자 했던 발자국들은 자고 나면 모두 바람이 데려간 뒤였다. 모래숲은 사내를 조금씩, 아주 조금씩 삼킬 것이다. 그리움이 별자리처럼 옮겨다닐 때 늙은 사내의 입속에서 한 움큼의 모래가 쏟아져내렸다. 사내는 아름답다 말하는 듯 보였다.

드라이플라워

모든 시간이 멈춰 서 있다.

프런트에 엎드린 간호사 칼잠 잔다. 먼지들은 환멸의 중심을 관통하여 떠다니고 병실에는 가는 빛다발이 움직임 없는 사내의 발등을 어루만진다. 가습기의 물안개가 숭숭 부풀었다가 어느새 추억의 관자놀이로 조용히 흘러내리는 오후, 공중으로 무언가 돌려보내는 게지. 아니면 끊임없이 우물을 파고 있는 것이거나, 김간호사, 고원에서 희망처럼 희박한 언어가 또 있을까. 그래서 호흡기가 필요하죠. 소리 난 곳을 돌아보면 아무도 없을 때가 많다. 크레바스의 고요한 금처럼 식물인간의 한 사내가 절벽에 매달려 있을 뿐.

생(生)이 마르는 사내의 얼굴은 지독하게 편안하다.

황화일

나는 너무 많은 시간을 보관해왔다. 추억이 가득한 사람의 어깨가 그러하듯 내 귀퉁이도 조금씩 허물어져왔다.

땀의 중심에 감히 나는 있었다. 나의 살갗은 땀의 격렬함을 닮은 것이므로. 사장들은 폭신한 감색 비닐 커버를 선호했지만.

대일밴드 갈아 붙이듯 숱하게 이름 바꾸며 건너온 상처들, 손에서 손으로 책상에서 책상으로 통성명하는 동안 내 안의 사랑도 수없이 이름 바꾸며 너덜너덜해지고 찢겨졌다. 고백하건대 한때 누군가의 머리를 내리치던 흉기가 된 적도 있다.

너무 많은 미련을 나는 보관해왔다. 선명하던 활자들은 바람에도 쉽게 흩어진다. 지나치게 뚱뚱해졌지만 나를 쉽게 버리지는 못할 것이다. 사람에게 추억이란 가끔씩 들춰보는 날씬한 왕년(往年) 같은 것이므로.

알코올

김창비와 이문지는 친구다.
삶이 그렇게 어려워만지냐고 창비는
문지를 나무라지 않는다.
영혼이란 게 어디 팍팍한 화두만 같냐고,
문지는 창비에게 묻지 않는다. 슬프게도
백 년 동안 단 몇 줄의 상처만이 대물림되지.
계절이 쓰고 불현듯 날아가는 늙은 새가 쓰고
각인된 너의 얼굴이 나를 쓴다. 그러니
너와 나는 친구였을까, 근원이었을까, 그런데
왜 우리는 모두 무언가 되어야만 하지?
김창비와 이문지와 천서봉이 나란히 앉아
신경증적인 겨울 해의 투신을 지켜본다.
거울이 거울을 어루만질 수 있을까?

미끈거리는 바람의 질감 속으로 망명하고 싶다.
속도로부터 이탈하는 잔상들이
갓길에 심어놓은 슬픈 나무들 묘묘(杳杳)하다.
차라리 저렇게라도 서 있는,
서서 끄먹끄먹한 하늘에 수없는 잔금이라도 그어보는
나무의 불온한 심지 속으로, 미끄러지고 싶다.
언제나 저녁이면 와장창
하늘이 깨어져내릴 것만 같다.

여태껏 나는 살아
어둑한 카페 구석에서 생일 파티의 주인공을 기다린다.
폭죽 같은 고해를 준비하지 못했다.
아름다운 두 권의 시집*이 증발하기 전에 나는
조심스레 흐르는 내 안의 나지막한 생식(生殖)을 여기 기록해둔다.
삼발이처럼 견고한 시간,
이 기다리는 건 친구 아니다. 침묵이다.
침묵의 커다란 입이다. 입속에 숨겨진 가공할 잎이다.
다닥다닥
빙점의 서늘한 별들이 유리창에 달라붙는다.
불씨는 여전히 도착하지 않았고
오늘은 죽은 자들의 생일.

* 최영숙의 『모든 여자의 이름은』, 기형도의 『입속의 검은 잎』.

폴라로이드

정사각형의 밀실, 환한 웃음꽃 피우며 창을 넘는 겨울 오후의 햇살 쪽으로 조금 기울어진 얼굴, 당신의 목대. 셔터의 칼날은 짧고 불그스레한 수줍음은 매우 길어서, 영혼이나 고독 따위의 문자들이 뿜어내는 차가운 공기의…… 숨막힘, 철컥, 폴라로이드는 한순간 당신의 목을 꺾어 나의 책갈피에 끼운다.

당신은 사라지고 밀실엔 살인보다 지독한 그리움 번진다. 창밖으로 사각형의 구름이 달아난다, 폴라로이드.

삼십대

자주 사각형의 화면이 푸시시 꺼지곤 했다.
밤이 깊을수록 화소는 점점이 피어나
색색의 선인장 꽃들을 밀어올렸다. 깜박
잠들었을 뿐인데 무엇도 긍정할 수 없는
주억거림의 낙타를 타고 가는, 거긴 사막이었고
쓸쓸한 다큐멘터리였고 오지였다. 가끔
비단길의 상인들이 찾아와 나귀의 등 언저리를 권했지만
그건 방울 소리만큼 피곤했고 이미 종영된
동물의 왕국이었고 어느새 나는 늙어
멀리 조국이 바라보이는 땅의 유목민이 되어 있었다.
아무리 돌려도 채널이 잘 맞지 않았다.
친구가 잠들어 있는 별자리 너머의 사막까지 와디는
돌아 돌아 꿈결의 밑동을 푸르게 적시곤 했다.
언덕을 넘어오는 사람들이 어깨를 떨어뜨리며 웃었고
아리랑 위성은 자주 고장을 일으켰으며
외계에선 어떤 소식도 없었다.
늘 선택이었으므로 어떤 선택도 의미가 없었고
혁명이나 변혁 따위, 시대의 어떤 신경증도
나를 믿어주지 못했다. 방언(方言)의 나라에선 양이
양의 거죽을 둥글게 벗겨주고 있었다.

사회책 속의 푸른 사과

자꾸 부르는 소리 들려 나가보면
희망이나 진통 같은 단어가 버려져 있었다.
누가 자꾸 내 뒤란을 다녀가는 건지,
뾰족하게 돌아보는 고양이의 눈동자 속으로
천천히 걸어들어간 넝마주이는 영영 돌아오지 않았다.
하지만 그것이 자유주의의 탓은 아니다.
늦은 새벽의 안개 때문은 더더욱 아니다, 추억이
과거로 처형될 것을 미리 알았으므로
모든 삶이 미필적 고의였다.
중앙선 가로등은 왜 샴쌍둥이처럼 서서
우리의 얼굴을 환히 비추는가.
건축가들은 병적으로 하이브리드에 집착했으나
유행에 둔감한 가족들은
병이 없어도 아팠다. 검은 비닐봉지가
뻔한 허풍으로 거듭 날아오를 때 방치된 드럼통 속에선
날마다 수상한 증거들이 태워졌다.
모두 사라졌는데 자꾸 부르는 소리 들려 나가보면
아삭아삭, 고양이들의 미소가 달았다.
아직은, 쓸 만한 단어들이 자꾸 버려져 있었다.

봄밤을 위한 에스키스 3

궁궁을을(弓弓乙乙) 녹슨 내 서른의 지느러미를 적시는 밤.

그때 왜 그랬느냐고 묻지 않아도 다 이해할 수 있는
비 오는 봄밤.

행성 관측 3

추억을 오후 두 시의 하늘 밑에 널어놓고 나면 간밤의 독설이 둑둑 물소리로 듣고 그 소리에 귀 기울이다 내 머리 몇 가닥 하얀 물이 들듯 그렇게 사람을 잊는다.

흩어진 설탕을 손가락으로 다시 모으듯, 쓸쓸한 약속이 뒤섞인 오후에는 모서리 뭉툭해진 내 안구가 조금 흔들렸고 흐린 밥물 같은 색깔로 한꺼번에 피었다 지는 봄꽃들 사이 사람을 잊는다.

동경 126도 59분, 북위 37도 34분, 돌아와 홀로 찌개를 데우는 시간, 듬성듬성 가위로 잘라놓은 김치들, 미처 끊어지지 않은 머리라든가 목대, 몸부림 따위를 밥 위에 얹어 꿀꺽 삼킬 수 있다면 그렇게 너무 커다란 저녁이 오고 나는 사람을 잊는다.

너무 늦지 않게 돌아와, 말하지 못하고 하필이면 오늘 저렇게 빛나는 별이 사람을 잊는다. 누군가 저 별을 바라보며 길을 잃지 않겠다 싶어 인력(引力)이라 쓰고 인연이라 읽는다.

그래도 잊자, 그래도 잊자, 창 닫고 돌아서면 현관엔 당신이 버리고 간 구두가 흐트러지지 않도록 조심스레 돌아가는 지구(地球)가 있다.

5부

산문
—에필로그

그러니까 당신,

조금은 비밀스런 이야기를 꺼내려 한다. 실은, 시(詩)를 파는 가게를 알고 있다. 정설하면 시를 파는 곳은 아니고 시가 될 만한 울림의 조합을 밀봉하여 파는 곳이다. 거래를 튼 지 십여 년 정도 되었다. 모르겠다. 나 말고도 그 가게에서 거래하는 시인이 또 있는지는.

가게의 주인장에 대해 말하자면 대개 아름답지만 슬픈 약력을 지녔고 자신을 감추는 여러 장의 섬세한 가면을 가졌다. 나만의 생각인지 모르지만 그는 적어도 시(詩)와는 관계없는 완벽한 일생을 꿈꾸는 듯하다.

오랜만에 찾아갔던 날, 그는 말했다. '이녁은 아직도 시를 쓰오?' 심히 괴로운 건 '선험적 형태'와 '명랑한 촛불집회'를 섞은 하찮은 재고를 자꾸만 내게 팔아치우려 한다는 사실이다. 그러나 내가 데려온 비닐 속엔 '지하를 흐르는 별들'과 '보르헤스의 트릭'.

가게 주인이 궁금한가? 예상했겠지만 그는 이 글을 읽는 바로 '당신'이다. 나의 길을 가는 것이 여전히 당신과 함께 가는 거라 믿는다.

*

A: 당신은 누군가요? 당신이 즐겨 쓰는 '당신'이라는 단어는 누군가요?

B: 음, 당신……은 글쎄요, 그것을 물어보는 당신일 수도 있고요, 음 아닐 수도 있지요. 대체로 사람이라고 생각되지만 사람일 수도 있고 아닐 수도 있고 별일 수도 있고 사막일

수도 있고, 그러니까 당신도 되었다가 당신이 아니기도 했다가 그렇게 변신하는……

B: 변신하는 행성 같은 것일까요?

A: 지금 나한테 물어보는 거요?

B: 뭐 나쁘지 않아요, 나도 한때는 당신이었으니까요.

*

그러니까, 만났다 헤어지고 만나지 않고도 헤어지는 것이 당신과 나의 관계다. 말하는 김에 비밀스러운 이야기를 조금 더 하자면 오늘은, 아주 평범하면서도 특별한 밤이다. 이른바 당신과 내가 내통하는 밤. 우리가 만나는 통로는 넘버 34, 암호는 처형장에 내리는 눈, 철로보다 더 섬세하고 길보다 몇 배는 더 부드러운 통로, 바람으로 엮은 루트다. 이곳에는 당신과 나의 몸에 꼭 맞게 제작된 절제와 관용이 있다. 손을 뻗으면 닿을 만한 곳에 준비된 약간의 간식과 쓸쓸함도 있다. 얼마든지 서로의 입맛에 맞게 서로를 요리할 수 있다. 당신이 나를 맛있게 먹어주며, 나는 그런 고통에서 파생되는 제법 격렬한 음악들을 누런 종이 위에 받아적는다. 감자가 침대가 되고, 별이 토끼가 되는 순간, 소시지가 폭발한다 해도 그리 이상한 일이 아니다. 당신이 병이 되고 약이 되고 물이 되고 비가 되어 내 안을 흐른다. 그리고 지친 나는 아주 행복하게 눈을 감는 꿈을 꾼다.

여기까지가 내가 당신과 만나는 밤에 관한 이야기다. 문자가 태어난 밤이라고 해도 좋다. 그리고 그것이 내가 알고 있는 당신이며 문장(文章)이다.

*

B: 다시 말하자면, 우리는 간빙기 같은 것이죠.

A: 저는 낮에 놀고 주로 밤에 일합니다. 그걸 팔죠.

B: 창밖의 별은 장식에 불과해요. 저도 그걸 팝니다만……

A: 지겨운 담론이에요. 그것을 팔아 돈이 되느냐고 묻지 마세요.

B: 수수깡으로 만든 집을 허물어서 바람개비를 만든 적이 있어요. 너무 멀리 가면 돌아올 수 없다는 것을 그때 알았죠. 차라리 무정부주의를 꿈꿀 때가 많아요.

A: 불구가 되어 그것을 기다린 적이 있나요?

B: 결국, 우리는 모두 흐르고 있으니까요. 동결선 밑에서, 다시 만납시다. 안녕.

A: 안녕, 이음동의어.

*

그러니까, 당신

중세(中世)라든가, 여수 혹은 아레키파 같은 곳, 가고 싶었거나 닿고 싶었던 시절로 가는 통로, 거기서 안녕, 나는 당신과 다시 한번 악수하고 싶어집니다. 지중해에서 맞던 그 나지막한 목소리의 바람처럼 말입니다.

잊지 마시길, 루트 넘버 34, 암호는 처형장에 내리는 눈.

해설

'서봉氏'의 편력시대와 삶의 자가발전

조강석(문학평론가)

삶이 자가발전한다는 것을 발견하는 것은 언제쯤일까? 몸이 고스란히 물질적 속성을 따르고 책에도 오자가 있을 수 있다는 것을 인지하는 것보다는 조금 뒤쯤, 그리고, 그럼에도 불구하고 죽음도 삶도 기쁨도 슬픔도 여일한 리듬에 뛰노는 파동이라는 것을 승인하는 것보다는 아주 근소하게 이른 어느 시점……일까? 선술집에 앉아 “도대체 어떤 짐승 같은 불한당이 이 세상을 만든 거야?” 하고 호기롭게 물었던 A. E. 하우스먼은 “물론 내년에도 5월은 근사하겠지, 하지만 그때 이미 우리는 스물넷”(「밤나무가 꽃봉오리를 던질 때」) 하고 의뭉을 떨었다. 생의 파토스와 여일함을 한 편의 시에 제시했던 젊었던 하우스먼은 아마도 일찍이 그의 내면에서 수업시대에 대한 졸업식을 치르고 있었는지 모른다. 수업시대가 세상에 대한 날것의 질문들과 저 들끓는 내면을 위안하는 기성의 답변들에 대한 추적의 날들이라고 한다면 편력시대는 스스로의 해답을 구하는 천로역정에 비견될 수 있을 것인데, ‘애 늙은’ 하우스먼은 저 수업시대의 마지막 시간에 서 있으며 지금과는 다른 방식의 탐문이 펼쳐질 편력시대를 목전에 두고 있었다고 하겠다. 그런데, 여기 또 하나의 크눌프가 청춘의 면목을 묻고 있다.

이렇게 선술집 둥근 탁자에 둘러앉아서
무엇이 우리를 파전처럼 한데 부쳐놓았나?
노을빛 아름다운 분노 위의 당신과 내가

넉넉한 현생의 상추 잎 한 장에 덮여 사라져도 되나?
몸 부딪는 주광성의 술잔들, 사이 불씨처럼 오르는 물음은
닿을 수 없는 공중에서 희부윰한 눈꽃이 되고 있었다.
—「플라스틱 나방」 부분

질문은 청춘의 특권이다. 하우스먼의 말마따나 선술집에 앉아 세상의 의혹에 대해 물은 청춘이 우리가 처음은 아닐 것이며, 천서봉의 말마따나 한 시절의 의기투합이나 한 시절의 회의 모두 회신 없는 질문으로 녹아버려도 이미 그것이 공항의 귀빈실에 비할 바 없는 특권이 되고야 마는 것이 수업시대의 날들이다. 천서봉의 시는 바로 이런 수업시대의 종장으로부터 개시된다. 다음의 시를 보라.

자주 사각형의 화면이 푸시시 꺼지곤 했다.
밤이 깊을수록 화소는 점점이 피어나
색색의 선인장 꽃들을 밀어올렸다. 깜박
잠들었을 뿐인데 무엇도 긍정할 수 없는
주억거림의 낙타를 타고 가는, 거긴 사막이었고
쓸쓸한 다큐멘터리였고 오지였다. 가끔
비단길의 상인들이 찾아와 나귀의 등 언저리를 권했지만
그건 방울 소리만큼 피곤했고 이미 종영된
동물의 왕국이었고 어느새 나는 늙어

멀리 조국이 바라보이는 땅의 유목민이 되어 있었다.
아무리 돌려도 채널이 잘 맞지 않았다.
친구가 잠들어 있는 별자리 너머의 사막까지 와디는
돌아 돌아 꿈결의 밑동을 푸르게 적시곤 했다.
언덕을 넘어오는 사람들이 어깨를 떨어뜨리며 웃었고
아리랑 위성은 자주 고장을 일으켰으며
외계에선 어떤 소식도 없었다.
늘 선택이었으므로 어떤 선택도 의미가 없었고
혁명이나 변혁 따위, 시대의 어떤 신경증도
나를 믿어주지 못했다. 방언(方言)의 나라에선 양이
양의 거죽을 둥글게 벗겨주고 있었다.
―「삼십대」 전문

'조숙한' 하우스먼은 "하늘 겉은 거나 둘러메고 술이나 한잔해" 하고 툭툭 털며 시를 맺었지만 진중한 천서봉은 아무래도 이런 방식으로 문제를 정리할 수 있을 것 같지 않다. 왜냐하면 '내년에도 봄은 근사하겠지만', 아, 그러나 이미 그때는 '삼십대'이기 때문이다. 어떤 이에게 삼십대는 희망의 진공관 서킷이 돌연 절연되며 찾아온다. 넘쳐날 듯 차오르다가 홀연 일체의 계획을 폐기시키는 선고와 함께 찾아오는 사막을 누군가의 삼십대는 제 주름 안에 지니고 있다. 그런데, 문제는 스물넷의 파토스가 다시 유쾌한 낙관과 더불어 생의 에너지로 연소될 수 있는 것과 달리 삼십대에 본격

적인 의미에서 거의 최초로 맞이한 희망 회로의 절연이라는 사태는 패기로 연소시킬 수 없는 무기력과 냉소를 침전물로 남기기 마련이라는 것이다. 그렇기 때문에 개인의 정신사에 남을 최초의 충격 이후의 삶을 "긍정할 수 없는 주억거림의 낙타"를 타고 사막을 유목하는 이미지로 표현한 것은 참으로 수일하며 설득력이 있다. 고개를 끊임없이 주억거리지만 무엇도 긍정할 수 없게 된 정신은 쉽게 바깥을 설계하지 않는다. 혁명도 변혁도 외계의 어떤 기별이 되어주지 못하는 시간에 접어든 이는 수업시대를 마감하고 편력시대로 접어들 태세를 이내 갖추어야 한다. 그것만이 방편이기 때문이다. 삶이 갑자기 표준어를 잃고, 전체와의 연관을 상실하고 낱개로 불거진 "방언의 나라"에서 이 탐문자는 형벌일 수도 특권일 수도 있는 편력을 개시한다. 완숙과 기성과 굳건함의 이정표였던 삼십이라는 숫자가 신기루임이 명백해짐에 따라 청년은 이상과 목표의 인력에 끌리는 수업시대를 마감하고 편력시대로 접어드는데 다음과 같은 시 역시 그 징후를 단적으로 보여준다.

집어넣을 수 없는 것을 넣어야 한다,
는 강박관념에 시달렸다. 거리는
더 커다란 가방을 사주거나
사물을 차곡차곡 접어 넣는 인내를 가르쳤으나
바람이 불 때마다 기억은 집을 놓치고

어느 날, 가방을 뒤집어보면
낡은 공허가 쏟아져, 서봉氏는 잔돌처럼 쓸쓸해졌다.

모두 어디로 갔을까.
가령 흐르는 물이나 한 때의 구름 따위,
망상에 가득 찬 머리통을 담을 수 있는, 그러니까
서봉氏와 서봉氏의 바깥으로 규정된 실체를
통째로 넣고 다닐 만한 가방을 사러 다녔지만
노을 밑에 진열된 햇살은 너무 구체적이고
한정된 연민을 담아 팔고 있었다.

넣을 수 없는 것을 휴대하려는 관념과
이미 오래전 분실된 시간
거기, 서봉氏의 쓸쓸한 가죽 가방이 있다.
오래 노출된 서봉氏는 풍화되거나 낡아가기 쉬워서
바람이나 빗속에선 늘 비린 살내가 풍겼다.
무겁고 질긴 관념을 담고 다니느라
서봉氏의 몸은 자주 아프고
반쯤 벌어진 입은 늘 소문을 향해 슬프게 열려 있다.
—「서봉氏의 가방」 전문

"집어넣을 수 없는 것을 넣어야 한다는 강박관념"에 시달렸다는 진술과 함께 시작되는 이 시는 목표와 이상에 유인

되는 힘으로 살아지던 수업시대가 일단락되었다는 자기고백이라고 할 수 있다. '서봉氏'가 들고 다니던 가방은 "무겁고 질긴 관념"을 담는 가방이다. 다시 말해 그것은 구체적 사물들과 사태들을 기성의 틀에 의해 계량하고 휴대하기 위한 수단이자 무기이다. 시에서 '서봉氏'가 고백하고 있는 것은 그가 애써온 것이 실질을 명목으로 보상하는 관념들을 가방에 모으는 일이었다는 것이다. "넣을 수 없는 것을 휴대하려는 관념"에 사로잡힌 이가 "무겁고 질긴 관념"들을 건사하려 애쓰는 동안 가방을 배불리던 것이 실은 "낡은 공허"였을 따름이라는 치명적 깨달음은 거리와 실물에 대해 거듭 눈뜨는 것으로 귀결된다. 이 시에서 관념과 선명하게 대비를 이루는 것은 거리와 사물들이다. '서봉氏'의 수업시대는 거리의 위세를 알지만 가방을 거리의 자(尺)로 마련하는 수업들의 연속이었다. 거리의 위세가 커질수록 증폭된 것은 구체성에 대한 실감이 아니라 "더 커다란 가방"에 대한 형이상학적 요구였다. 물론, 이것이야말로 청춘의, 수업시대의 특권이 아닐 수 없다. 그러나, 가방은 가령 명석성이나 판명함이나 혹은 고독이나 슬픔이나 비애나 멸절 따위의 수납함을 지닐 수 있지만 "흐르는 물이나 한 떼의 구름 따위"의 일말도 담을 수 없다. 이 어찌 치명적이지 않을 수가……

거리는 굴신되는 관념이 아니라 구체성들의 파노라마라는 것, 세상을 일별했다는 자부심의 수하로서 관념이 포획

한 것은 실물이 아니라 손오공의 머리카락과도 같은 찌끄러기들일 뿐이었다는 것, "흐르는 물"이나 "한 때의 구름 따위"의 일 푼도 담지 못하는 가방을 끌고 다니느라 머리가 아니라 몸이, 쓸쓸한 가죽 가방이 구체적인 마모에 무방비로 노출되어왔다는 것을 비로소 발견한 자가 택할 수 있는 것은 거리와 삶에 대한 새로운, 아니 어쩌면 난생처음 자율적으로 개시되는 귀납이다. 예민한 영혼의 편력시대는 대개 그렇게 도래한다.

그러므로 이 시집에서 관찰의 기록이 유독 자주 눈에 띄는 것은 우연이 아니다. 거리는 관념적으로 포획되는 것이 아니라 감각적으로 귀납된다. 물론, 청년의 한때를 관념 수집에 몰두하며 보낸 이가 대번 감각과 귀납의 편으로 전향할 수는 없다. 너무나 쉽게 그런 변모를 보여주는 이가 있다면 우리는 그가 관념의 이중간첩이 아닌지 의심해볼 필요가 있다. 그러나, '서봉氏'는 너무나도 조심스러운 전향자이다. 수업시대에 대한 마감의 형식과는 다른 시에서 '서봉氏'가 몰두하는 것은 거리의 귀납이다.

파편처럼 흩어지네, 사람들
한여름 처마 밑에 고드름으로 박히네. 뚝뚝,
머리카락 끝에서 별이 떨어지네.
흰 비둘기 신호탄처럼 날아오르면
지상엔 금세 팬 웅덩이 몇 개 징검다리를 만드네.

철모도 없이, 사내 하나 용감하게 뛰어가네.
대책 없는 시가전 속엔 총알도 원두막도 그리운 적(敵)도 없네.
마음 골라 디딜 부드러운 폐허뿐이네.
—「그리운 습격」 부분

이 시에서 가장 먼저 눈에 띄는 것은 부산하게 움직이는 이들의 내력을 포착하는 붙박이 화면이다. 정확히 격자인 창에 '서봉氏'는 서 있다. 수업시대를 졸업하고 새로운 편력의 길에 들어선 이의 첫번째 선택은, 소설가 최인훈이 썼던 표현을 빌리자면, '창 타입 인간' 되기이다. 한여름, 소나기의 내습에 부산스러운 거리, 한바탕 "시가전"을 치르는 거리의 풍경을 서봉氏는 무심하고 담담하게 건사하고 있다. 부동을 유동케 하는 내면이 수업시대의 비밀이라면 유동을 부동케 하려는 의지가 편력의 연료이다. 그는 움직이는 것들을 편력한다, 본다.

선물 세트 같아. 고만고만한 수영장과 고만고만한 헬스 기구들. 봄나무들을 잔뜩 심어놓고 시 창작반 선생은 아줌마들을 기다린다. 나무의 나이테처럼 겹치지 않는 사람들을 생각했다. 물관처럼 쉼 없이 무언가를 길어올리는 창문이 낮달을 꺼내 보였다. 평생 배울 수 있다면 그것은 슬픔의 종류를 구분하는 상자를 하나 얻는 것. 달이나 태양이 한 상자 속에 들어가도 될까, 물었지만 누구도 숨겨둔 꽃의 이름을 말하지 않았다. 어린아이들과 노인들이 칸칸 채워진 선물 세트, 시를 다 배우고 나면 어서어서 허리가 굽어 물리치료실로 가셔야죠, 배를 땅에 붙인 비둘기가 계절을 재촉한다. 장난감과 양갱이, 치약과 과자가 당신의 기억 속에서 한가롭게 뒤섞이고 있었다.

—「종합사회복지관」 전문

역시 창 타입 인간의 관찰에 기초한 시이다. 창밖에 움직이는 것이 무엇이냐, 창밖에서 소란을 떨고 있는 저 생활이란 것이 무엇이냐를 묻고는 있되 그것을 지켜보는 이의 내면은 창밖의 유동에 연동되지 않는다. 오히려 저 유동과는 달리 수선 속에서 항용 성찰 하나씩을 건져내는 것, 그것이 유동에 대한 부동의 수확이다. 종합사회복지관에서 시를 배우는 사람들이 다시 일상을 향하는 것과는 별개로 그것을 지켜보는 이의 내면은 "평생 배울 수 있다면 그것은 슬픔의 종류를 구분하는 상자를 하나 얻는 것"이라는 명제 하나로 요지부동이다. 세상에 대해 주먹을 들던 의문들로 들끓는 내면은 이렇게 삶이라는 생물의 정수리를 내려다보고 있다. '서봉氏'가 프로크루스테스식 관념의 가방을 희구하는 대신 가방을 싸고 행장을 꾸리면서 얻는 것은 바로 이처럼 삶을 귀납하여 얻는 명제들인데, 그렇기 때문에 그가 가장 힘을 기울여 경계해야 할 것은 이 명제들이 재차 관념의 성찬

즉 새로운 가방으로 환원되는 것이다. 아마도, 우리는 「행성 관측」과 같은 시에서 그 힘겨루기를 판정해야 할 터이다.

불행이 따라오지 못할 거라 했다.
지나친 속도로 바람이 지나갔고 야윈 시간들이
머릿속에서 겨울, 겨울, 우는 소리를 들었다. 그리고
지나치게 일찍 생을 마친 너를 생각했다.
대개 너는 아름다웠고 밤은 자리끼처럼 쓸쓸했다.
실비식당에서 저녁을 비우다 말고 나는
기다릴 것 없는 따스한 불행들을 다시 한번 기다렸다.
하모니카 소리 삼키며 저기 하심(河心)을 건너가는 열차.
왜 입맛을 잃고 네 행불의 궤도를 떠도는지.
콩나물처럼 긴 꼬리의 형용사는 버려야겠어,
말하던 네 입술은 영영 검은 여백 속으로 졌다.

그래도 살자, 그래도 살자.
국밥 그릇 속엔 늘 같은 종류의 내재율이 흐르고
사람을 끌어당기는 건 여전히 사람이지만
나는 더이상 사람을 믿지 않는다.
—「행성 관측」 전문

이 시에도 명제는 있다. 그러나, 이 시에서 삶에 대한 명제는 관념으로부터 도출된 것이 아니라 경험과 구체적 이미지로부터 도출된 것이다. 준비된 지혜의 말로 삶을 포장하는 대신 경험과 귀납을 통해 삶의 명제 하나가 도출된다. 이 시집에는 바로 이런 방식으로 주조된 시편들이 많이 눈에 띈다. 그러니, 이렇게 말해볼 수 있을 것이다. '서봉氏'의 편력은 명제의 공장이라고. 수업시대의 명제는 경험에 앞선 보편을, 질문과 회의에 대한 기성의 답변을 구하므로 쉽게 잠언을 허락하기 마련이며 따라서 그것은 시의 턱밑까지만 미칠 수 있다면 편력시대의 그것은 경험과 귀납을 경과한 언어들로 축조된 것이어서 굳다. 사유와 성찰이 좋은 시가 되느냐 그렇지 않느냐의 경계를 가름하는 것은 그것이 준비된 연역적 명제를 시를 빌려 재확인하려는 '위로부터의' 베일인지 경험과 귀납으로부터 얻어진 편력의 결과인지 여부가 될 것이다. 시를 보자.

인용된 시에도 명제는 있다. 생은 개체적 개별성에도 불구하고 그 자신의 리듬으로 여일하다는 것이 그것이다. 그러나, 이 명제는 시에 제시된 내적 실재 혹은 내적 상황을 통해 자연스럽게 얻어진다. 그것이 편력의 결과로 삶을 성실히 귀납한 대가이기 때문이다. 1연에서 시인은 "콩나물처럼 긴 꼬리의 형용사"들, 삶에 대한 모든 의문들을 뒤로하고 먼저 "행불의 궤도"를 앞서간 친구를 기억하며 시적 이미지들을 통해 슬픔과 원망을 효과적으로 객관화하고 있다. 엄살이나 과장 대신 관찰과 귀납의 힘으로 '서봉氏'는 대상에 대한 과도한 애착을 끊어내고 그것을 삶에 대한 사유의 힘으로 전환시키고 있다. “국밥 그릇 속엔 늘 같은 종류의 내재율이 흐르고/ 사람을 끌어당기는 건 여전히 사람이지만”과 같은 성찰에 닿는 시심이 어찌 계속해서 망연자실 슬픔에 연루될 수 있겠는가? “그래도 살자 그래도 살자”보다 “나는 더이상 사람을 믿지 않는다”는 말이 더 신뢰를 안겨주는 것은 이것이 상처 받지 않기 위해 먼저 상처를 준다는 식의 잠언과는 다른 속정을 드러내기 때문이다. 사람을 믿지 않는다는 공표가 어찌 공언이 될 수 있겠는가?

이처럼 시적 이미지를 통해 개찰되며 공표된 슬픔은 비로소 만질 수 있고 견딜 만한 것이 된다. 편력의 결과 이 시인은 거리를 가방에 넣는 대신 가방이 닳고 해지도록 일주하는 시선의 노동으로 시를 짓는다. 그리고 그렇게 시선과 정념이 함께 오래 편력한 흔적을 보여주는 시들에서 사태가 슬퍼지는 데까지 바라보는 속정 깊은 눈과 감정의 극한에서도 수일한 이미지를 벼리는 신뢰할 만한 기예가 배어난다. 그리하여 이런 이미지들,

> 한꺼번에 발산하는 푸른 새들, 흩어진 가계처럼 어지럽다.
>
> —「청동 기마상」 부분

> 고단한 주어(主語)들이 부드럽고 아픈 묘혈 짓는다.
>
> —「폭설」 부분

왜 만질 수 없는 강박의 방들은 모두 환형(環形)인가.
—「사랑에 관한 짧은 몸살」 부분

일생이란, 가령 츄파춥스를 가득 실은 자전거 한 대가 지나간 것뿐이다.
—「한아름」 부분

그러니까, 기형도로부터 사사한 흔적이 역력한, 그러나 이제는 '서봉氏'의 여행 가방에 넉넉히 담긴, 사유와 감각이 배를 맞댄 저 날 선 이미지들은 시선의 노동과 편력의 발품으로부터 비롯된 것임을 확인할 수 있다. 그렇기 때문에, "한두 겹의 내력을 더 견디며 나는, 고요의 중심으로 천천히 내려가리라"(「처서라는 말의 내부」)는 편력기의 종언을 새기기 전에 다음과 같은 시에 담긴 구상(具象)을 한 번 더 눈여겨볼 필요가 있겠다.

상평통보 무배자전을 위조한 기억이 있다.
조선시대에도 나는 시인이었는데, 시인이래봐야
장에 들러 선인의 시나 읊고 가사나 불러
소인묵객의 흉내나 내는 일이었다.
떠돌이가 어찌 엽전을 위조하였는가 하면
삭방도, 그러니까 지금의 함경도에 살던 먼 친척,

야장이었던 그의 대장간을 쉬 빌려 쓸 수 있던 까닭이다.

조립과 제작을 즐기는 것이 천성이어서
현생 역시 그런 천한 직업을 가지게 되었는데
한 가지 아무리 추억하려 해도 떠오르지 않는 것은
참형을 당한 기억이다. 참형을 당한 기억이 없으니
나는 죽는 날까지 이곳저곳을 들짐승처럼 떠돌다
낙막하고도 다복한 삶을 마쳤는지 모른다.

대신 탁주를 품에 안고 꺽꺽 울던 기억이 있다.
겨울이 깊도록 꽃이 지지 않았으니
누룩꽃 피는 내 몸에 술 한잔 바치지 못했다.
술이 쓴 것은 아직도 그 버릇이 남아서다. 굳이 말하자면
여러 번 헤어졌으나 단 한 번도 만난 적 없는 당신,
당신은 연생(緣生)이 모조해내던 추억이었으며
1659년은 그런 당신의 부재가 남긴 미록했던 날들이었다.
—「1659년, 고라니 혹은 사슴」 전문

김수영이 간파한 것처럼 구상은 요염하다. 희한한 일이지만 오래된 과거에 대한 비현실적 기억을 소재로 하는 이 시는 이 시집에 담긴 시 중에서 가장 요염하다. 가령, 다음과 같은 구절들,

내 거친 영혼은 재설계가 가능할까.
—「납골당 신축 감리일지」 부분

평생 배울 수 있다면 그것은 슬픔의 종류를 구분하는 상자를 하나 얻는 것
—「종합사회복지관」 부분

과 같은 구절들도 우리의 눈길을 끌지만 역시 고혹적인 쪽은 구상 쪽이 아닐 수 없다. 「1659년, 고라니 혹은 사슴」은 명제 대신 이야기를 통해 시적 실재를 생성시키는 시이다. 슬픔과 비애를 토로하지 않고 무대 위에 올리는 시라는 말이다. 전생에 대한 기억이 어찌 현실적일까, 그러나 이 이야기는 어떤 클로즈업보다도 요염하다. 우리를 정념의 무대 위로 불러내기 때문이다. "조립과 제작을 즐기는 천성"이 오래된 내력임을, 그리고 그 기질이 회의와 편력을 낳는 것이었음을, 한 번 편력의 끝에 가닿은 삶이 맞은 파국을 알고 있는 이가 현생의 편력의 귀착점을 불안하게 살펴보고 있음을 이 시는 증언하고 있다. 진술되지 않고 재현됨으로써 '서봉氏'의 편력이 내면의 불로부터 비롯된 불가항력적인 것임을, 파국에 대한 예감마저 물릴 수 없는 '고약한' 성질의 것이었음을 이 시는 보여주고 있다, 참으로 요염하게.
다만, 이 시의 네거티브필름 속에는 손길이 하나 있음을…… 한 번 돌이킬 수 없는 편력을 종주한 이의 파국에 대

해 시간착오적 위로를 건네는 손길이 하나 있음을 기억하자. 전생과 같이 불안과 회의와 함께 연소될 것인가, 더 지독하게 편력할 것인가. 다행히, '서봉氏'는 이번 생엔 시를 건졌다. "한두 겹의 내력을 더 견디며 나는, 고요의 중심으로 천천히 내려가리라"(「처서라는 말의 내부」)는 독백은 편력의 평행세계를 뒤집는 반전이다. 수업시대와 편력시대를 경과한 '서봉氏'의 시는 이제 편력을 연료로 삶의 자가발전을 꾀하는 새로운 시작을 준비한다, 벤자민 버튼처럼 시간을 거스르는 그의 시는 지금부터 사춘기다.

천서봉 1971년 서울 삼청동에서 태어났으며, 국민대학교 조형대학을 졸업했다. 2005년『작가세계』신인상에「그리운 습격」외 4편을 발표하며 등단했다.

문학동네시인선 013
서봉氏의 가방

1판 1쇄 2011년 12월 20일
1판 2쇄 2017년 9월 12일

지은이 | 천서봉
펴낸이 | 염현숙
책임편집 | 김민정
편집 | 정세랑 이수영
디자인 | 수류산방(樹流山房)
본문 디자인 | 유현아
마케팅 | 정민호 박보람 우상욱
홍보 | 김희숙 김상만 이천희
제작 | 강신은 김동욱 임현식
제작처 | 영신사

펴낸곳 | (주)문학동네
출판등록 | 1993년 10월 22일 제406-2003-000045호
주소 | 10881 경기도 파주시 회동길 210
전자우편 | editor@munhak.com
대표전화 | 031) 955-8888
팩스 | 031) 955-8855
문의전화 | 031) 955-3576(마케팅), 031) 955-2678(편집)
문학동네카페 | http://cafe.naver.com/mhdn

ISBN 978-89-546-1676-8 03810
값 | 8,000원

* 이 책은 2008년 문예진흥기금을 수혜했습니다.
* 이 도서의 국립중앙도서관 출판예정도서목록(CIP)은 서지정보유통지원시스템 홈페이지(http://seoji.nl.go.kr)와 국가자료공동목록시스템(http://www.nl.go.kr/kolisnet)에서 이용하실 수 있습니다. (CIP 제어번호 : CIP2011005343)

www.munhak.com
문학동네